無人知曉的藝術家之淚與辛桐義大利麵

朴相映
박상영 著

胡椒筒 譯

알려지지 않은 예술가의 눈물과 자이툰 파스타

各界推薦

朴相映小說中的人物總是在不斷「墜入愛河」，然後「失敗」，最後「毀滅」。他們所愛的對象沒有一定的共通點，因為「愛」這種情感本身就無法套用任何準則，特別是在朴相映筆下的愛情，更是極具戲劇性。例如，身無分文卻執迷於在高級飯店與不同男人共度一夜的「齊齊」，以及無法理解他卻仍讓他靠近的「我」（〈中國製偽造藍色小藥丸、齊齊，和關於遍地流淌小便的短笑話〉）；總是互相懷疑、渴望確認彼此愛意，卻又不避諱過著線上與線下雙重生活的戀人們（〈尋找芭黎絲．希爾頓〉、〈釜山國際電影節〉）；在名為「宰桐部隊」的封閉空間中，雖然覺得對方「有點同志氣息」，卻無法確認他是否「是我們這邊的人」的「我」，又或者認為自已「不是會和男人那樣的人」的「王香」（〈無人知曉的藝術家之淚與宰桐義大利麵〉）——這些情感，即使要說不是愛，也並不容易。這些人物之所以如此執著於愛，是因為他們有些被主流社會排擠，有些選擇拒絕融入主流。對他們來說，更努力地去愛一個人，就是他們所能追求的「最好的生活」。即便遠離經濟活動或無法被社會接納與認可，他們也毫不在意。朴相映小說最耀眼的地方正是在此——他生動描繪了遠離主流的人們的生活、愛情、夢想與慾望，犀利地指出韓國社會「追求主流」、「追求他人認可」的現實。此外，朴相映的小說也表明：失敗與毀滅同樣是一種可行的生活方式。二〇一八年獲得青年作家獎且注定在韓國「酷兒小說」史上占有一席之地的〈無人知曉的藝術家之淚與宰桐義大利麵〉，就是最具代表性的作品。「我」懷抱成為坎城影展寵兒的夢想，想要拍攝一部描寫同志現實、不是那種異性戀導演所拍的「情感過度或淪為政治宣傳」的「不存在於世上的酷兒電影」。但他唯一也是最後一部長片卻被異性戀影評人批評為「缺乏現實性」。對「我」而言，同志的現實其實和異性戀無異，不過是「年輕人喝酒做愛」、「談戀愛」的日常，但最終他還是被貶為「假洪尚秀」，從電影圈被排擠出局。王香也是如此，夢想成為知名舞蹈家，努力投身現代舞蹈，但結果連成為自己演出作品標題中「世界上的渺小一點」都做不到。然而有趣的是，這些失敗並不讓人感到沮喪或悲慘。正如文學評論家申炯哲所言：「世上唯一有資格宣布某人失敗的人，只有他自己。這部小說的失敗宣言，正是由那些擁有資格的人親自說出口，因此前所未有地坦然自若」（青年作家獎評語），反而充滿魄力。畢竟，有多少人能夠大聲宣稱自己「毀了」？這就是為什麼「我」和王香隨著電子音樂一起跳舞的場景讓人感到激動不已的原因。無論是沉迷於Instagram的三十歲情侶、單純天真想著「該大的東西就大一點」的二十多歲軍人、酷兒、靠社群平台經營著「膚淺影響力」的「假同志」導演、始終無法出道的偶像練習生，或是受母親暴力壓抑的十幾歲少年等，朴相映小說裡各種角色「喜劇般的悲劇冒險故事」，都生動呈現出了輕快而又寂寞、美麗的青春樣貌。

——小說家李章旭，青年作家獎評審

這是一個我身邊人人皆知的故事——從我第一次讀到他的處女作〈尋找芭黎絲・希爾頓〉的那一刻起，我就墜入了愛河。我喜歡他說話的方式，也喜歡他所描繪的舞台，甚至連他創造出的角色（朴素拉）都曾出現在我的夢裡。我懷著粉絲的心情設法得到了他的電話號碼，暗中向他的大學學長姐們打聽消息，文藝雜誌一到手，我總是先翻他的小說來看。而現在，我以聖潔的心情，為他的第一本小說集寫推薦序。我喜愛他的小說的理由是不言而喻的。因為他是一位罕見的知道「幽默」和「自我毀滅」其實是同一階層最好的朋友的作家。他的小說是幽默家與受虐狂肩並肩，在黑夜的街道上一路前行，直到變成「一個小小的點」的故事。在那裡，沒有匱乏，也沒有禁忌；不存在控制、克制或說服之類的東西，只有一股直衝到底的勁頭。即使失敗，也絕不假裝，也不虛偽。這種態度並不是靠設計或計算就能表現出來的。這是很自然的流露，就像弱小的動物在被某種東西追趕時產生的本能一樣。所謂「天生幽默作家」的出現，這是我所喜愛的朴相映的另一個名字。

——李基浩（小說家）

年紀輕輕就被選入女子團體出道組、努力「分秒準備出道」卻最終失敗的「我」（〈哈姆雷特怎麼樣？〉），以及被學費與生活費壓得喘不過氣，不得不兼差做應召女郎，甚至自願將戀人拍下的私密影片上傳到檔案分享網站來賺錢的「有秀」（〈喬的房間〉），皆真切呈現即使努力為夢想而活卻被偏見與社會階級打敗的當代青年現實。但朴相映筆下的現實，並不只是哀傷與苦痛而已。正如被譽為韓國文壇「幽默作家代表」的小說家李基浩所說，朴相映是「天生的幽默作家」，他的小說讀起來有強烈的節奏感、詼諧又有趣。他像是那種會毫不害羞地講笑話的人。而在喧鬧與歡笑之外，他的小說最終總讓我們落淚，並對生活在同一時代的人們的故事深刻共感。齊齊為「我」講的「睡前笑話」讓人忍不住偷笑，「我」與王香在「香奈兒ＫＴＶ」和「碧昂絲血腸湯」上演鬧劇時的對話更是讓人笑出聲來。讀這篇小說的時候，我的臉色變了好幾次。先會咯咯地笑，然後突然大笑，接著突然變得嚴肅，然後皺起鼻子，最後用手背擦眼睛。在閱讀一本小說的時候，很難不去體會人物所表現出來的無助。他的小說毫不費力地做到了這一點。我相信他能夠進一步拓展韓國小說的界限，甚至抹去限制。

——鄭梨賢（小說家）

〔目錄〕

中國製偽造
藍色小藥丸、齊齊，
和關於遍地流淌
小便的短笑話

發現齊齊是在鐘路的一間卡拉ＯＫ。

雖然是週末，但沒什麼人，只有十幾名團體客人和齊齊一行人。藍色燈光照明下的舞台和桌子與七年前一模一樣，依然還是那麼寒酸。舞台後方的大螢幕播放著身穿泳裝的男人在海邊狂奔的影片。奔跑時，他們大大的性器就會上下晃動。我背對大螢幕，橫越舞池。不知地上灑了什麼，每走一步，拖鞋都會黏糊糊地黏住地面。我走近齊齊那桌時，一個男人起身和我打了聲招呼，介紹自己是齊齊經常光顧的那間夜店的經理。齊齊趴在桌子上，身旁坐著兩個壯漢。我還是第一次見到他們這群人。

「他堅持不回家，所以只好打電話給你。」

我點頭道謝。一個妝容花白的男人把收據遞給我，經理和兩個按摩師說早過了上班時間，急匆匆地走了。我扶起趴在桌子上的齊齊，剛要伸手去撿地上的背包，齊齊突然推了我一下，我們一起倒在地上。噹啷一聲響，對面桌的人同時看向我們。我站起來破口大罵，試圖攙扶爛醉如泥的齊齊，但他一直甩開我的手，非要唱完預約好的歌再走。銘酊大醉的人再怎麼哄也無濟於事，最後搞得我也很想聽聽他到底要唱哪首了不起的歌。我硬是把趴在地上的齊齊拉回座位，然後和正在收拾桌子的工讀生點了一瓶伏特加和水果拼盤。工讀生送來一瓶寫有「Tony」名字的伏特加，說是齊齊寄存的酒。我撿起掉在地上的背包放在椅子上，背包很重。舞台上，一個染了黃髮的男子正在唱任宰範[1]的歌，畫面顯示後面排了十五首歌。我搖晃了幾下趴在桌子上的齊齊的肩膀，問他到底點了什麼歌，但他毫無反應。我吃著盤中的香瓜，啜了口伏特加，酒很甜。對面桌的幾個男人互相碰杯，不停飲著酒。有些人就像受罰似的走上舞台唱歌。年輕和年長的男人都紅著臉，尷尬地交談著什麼。那桌人肯定是在網路上認識的。我看著他們一杯接一杯地喝著酒，直到整瓶伏特加見底，也沒輪到齊齊點的歌。

◎

同意齊齊住進我家的時候，我只開了一個條件。

每天睡前講一個笑話。

◎

1 編註：出生於一九六二年，南韓知名搖滾歌手，嗓音渾厚沙啞。

齊齊拖著離開時的那個RIMOWA行李箱回來了。原本嶄新的行李箱，現在已經變得遍體鱗傷，從上面各個國家的託運貼紙可以揣測出他的行蹤。

三年前，齊齊與一九七八年生、經營非法私貸公司的男人一見鍾情。他決定去美國的時候，我還以為他永遠不會回韓國了呢。出國前，齊齊就誇誇其談，說紐約州通過了同性婚姻法案，他們到了美國就會登記結婚，還會在中央公園舉辦婚禮。之後隨著齊齊打來電話的次數越來越少，我便以為他真的在那邊定居了。

當我追問齊齊為什麼突然回國時，他擠出特有的假笑說：

「都搞砸了。」

⊛

我幫齊齊取了一個綽號，叫「芭黎絲・朴」。

齊齊與留下語錄「一件衣服只穿一次」的芭黎絲・希爾頓[2]有很多共通點，首先他們都喜歡喝酒、奢侈品和男人，其次是他們都很喜歡請男人喝昂貴的酒。我也是之前經常被齊齊請喝酒的眾多男人之一，那時候的齊齊就像是一個永遠鼓鼓的錢包。

我實在無法理解那麼多錢是怎麼一下子揮霍光的，可能連齊齊自己也不知道吧。齊齊平淡地陳述自己的身世，就像講述別人的事一樣。

齊齊的父母以少數合法的事業為基礎，做了很多非法的生意。檯面上看，他們只是在市郊經營一間小規模的旅館（並排開了三間旅館）而已，但其實私下同時做著以外國人為對象的賭場、非法匯兌和性交易的生意。由於業務特性需要大量流動的現金，所以齊齊的父母會把大量現金放在店裡。有一天，朝鮮族[3]員工盜走了金庫。齊齊的父母歷經千辛萬苦才找到員工在江原道的藏身之處，結果在準備突襲之前發生了意外插曲——員工去警察局自首了。他聲稱因無法忍受雇主的苛刻待遇和頻繁施暴而犯下了罪行。高血壓、酒精中毒和寬鬆的道德觀念構成了齊齊家的家族史。

把齊齊弄回韓國的人是警察。齊齊剛回國，就被引渡到警局接受了十四個小時的調查。令齊齊感到安心的是，他全然不知自己享受的財富來自何處。齊齊的父母逃到中國後下落不明，大部分財產也遭到扣押或拍賣。齊齊去美國前居住的豪華公寓變成了廢墟，滿屋子的奢侈品也都被廉價賣掉了。齊齊隨便撿了幾樣在地上打滾的東西，然後打電話給我：

2 編註：Paris Hilton，一九八一年出生於美國紐約，知名模特兒、企業家、歌手、演員和ＤＪ，活躍於紐約社交圈。

3 譯註：中國朝鮮族，通稱朝鮮族，中國少數民族之一，主要分布在東北三省。因使用朝鮮語，所以很多朝鮮族會到韓國工作。

「我的信用卡被停卡，現在無處可去，能想到的人就只有你了。」

我沒有回應，但齊齊就像回到自己家似的整理起了行李。齊齊從行李箱裡取出三條Dsquared2牛仔褲、兩件Zegna西裝、一瓶香檳王、一雙Prada皮鞋、一把Philips刮鬍刀和Babyliss離子夾。

這些就是齊齊在變成廢墟的公寓裡撿回來的東西。這種情況下也不忘拿離子夾，真不愧是齊齊。

「你知道什麼是Bunga Bunga Party嗎？」

齊齊搖晃我的肩膀，把我搖醒問道。我半睜眼睛反問：

「現在幾點了？」

「我問你知不知道Bunga Bunga Party的意思？」

我皺著眉頭看了一眼手機，凌晨五點半。齊齊穿著衣服鑽進被窩，我坐起來。藉助檯燈暗黃的燈光，我看到齊齊吃力地脫著褲子。我睜著一隻眼睛，幫他脫下牛仔褲，看到了他的性器。齊齊蜷縮身子，躺在了我的大腿上。

「你的內褲去哪兒了？」

齊齊答非所問地說：

「Bunga Bunga是義大利語亂交的暗語，就像米其林和可口可樂一樣變成了代名詞。此時此刻，世界的某個地方正在開Bunga Bunga Party，不覺得驚訝嗎？」

我一點也不驚訝，所以彈了一下齊齊的額頭。這是對他在鬧鐘響起前叫醒我的懲罰。齊齊毫不在意，滔滔不絕地解釋起了無人問津的事。閉著雙眼嘀嘀咕咕的齊齊身上散發出一股我很熟悉的香氣——Aesop天竺葵身體乳霜。這是首爾柏悅酒店提供的備品。齊齊的老顧客是一名律師，有婦之夫，經常帶齊齊去那裡投宿。每次做愛時，那個人都會在齊齊的內褲上愛撫一番，搞得齊齊的內褲上都是口水。齊齊特別愛乾淨，所以常常扔掉濕漉漉的內褲。齊齊沒完沒了地講解著Bunga Bunga Party，嘴裡散發著酒氣。他的舌頭開始打結，看來是睏了。

「今天的笑話講完了。」

齊齊躺在枕頭上，很快打起了呼。我幫他蓋好被子，又看了一眼時間，五點四十八分。模稜兩可的時間，我半睜著眼睛走進浴室。

新換的電動牙刷似乎很傷牙齦，一週沒剃的鬍鬚不知不覺間變得更濃密了。我原本打算如果組長針對我的鬍鬚說三道四就立刻辭職，但他竟然什麼也沒說。對於凡事都愛雞蛋裡挑骨頭的組長而言，這是非常罕見的事。我接受了自己的命運，認為這是上天讓我繼續在公司工作下去的安排。我吐出摻雜著鮮血的牙膏泡沫，鏡子裡站著一個嘴角下垂、雙頰浮腫、一臉不滿的男人。我擰開水龍頭，熱水嘩嘩流出。我拿起剃鬚刀，但剃的不是鬍鬚，而是陰毛。性器看起來好像變大了，心情也隨之由陰轉晴了。

我走出浴室，開始穿衣服。齊齊的西裝，我穿起來有點小，所以釦子扣不上。破舊的化妝檯上放著七張十萬韓元的支票和一個沒見過的盒子。我打開盒子，裡面竟然是TAG Heuer手錶。這很有可能是哪個客人送給齊齊的禮物，再不然就是他一時衝動購買的。齊齊變得一貧如洗後，仍舊本性難移，動不動就買高價的東西。齊齊的鼾聲由背後傳來，我戴上他的手錶，悄悄走出房間。我走到玄關，穿上他的Prada皮鞋。因為尺碼過大，每走一步，鞋尖都會折一下。

現在工作的地方是我的第二個職場，第一份工作是正式員工。衝動辭去第一份工作的時候，我還以為我的人生就此脫離上下班的工作了。我的母親一直都對我的這種性格很不滿意。母親只有國中學歷，雖然年紀輕輕就離了婚，但她勤奮耐勞地克服了所有不利條件，因此對我的性格感到不滿意也是理所當然。除了容易發胖的體質以外，我和她沒有任何相似之處。母親生前念珠從不離手，她死後，我在衣櫃裡發現了八份保險合約和還有些許存款的存摺。得益於母親一輩子忐忑不安的性格，我每個月就算只靠呼吸也可以領到一筆錢。不知道是幸運還是不幸，我在遊手好閒方面頗具天賦。遞出辭呈後，我決定閉門不出，餘生只在床和冰箱之間往返度過。

我之所以出爾反爾，是因為炎症，而且還是慢性攝護腺炎。

剛開始，小便的時候就只是尿道末端有點刺痛而已，但之後疼痛的範圍越來越大了。下腹深處的痛症日益加重後，很快就像病菌一樣擴散到了骨盆、大腿和腳踝，最後嚴重到了無法勃起的地步。就像所有慢性病一樣，雖然不知道原因，但總有幾種治療方法可以緩解痛症。例如，有規律的生活習慣、定期的坐浴和按摩攝護腺。為了重拾有規律的生活節奏，我又找了一份工作，還買了一個自帶遠紅外線的高檔坐浴盆。

除此之外，我每週還會有兩天利用午餐時間到公司附近的泌尿科診所就診。

企業型的泌尿科診所的治療室裡，總是擠滿了上了年紀的男人。我連醫師都沒見就直接走到擺著屏風的治療室，脫下褲子，趴在皮床上。護士走來，在我的肛門塗上醫用水凝膠，我還沒來得及深呼吸，流線形的治療探頭就插進了我的肛門。難以適應的疼痛使得全身緊繃。護士按下按鈕，從深處傳來了震動。我咬緊下唇，忍住不發出呻吟聲。趴在床上忍受二十分鐘痛苦的期間，不禁讓人反思人生到底是從哪裡出了問題。

生而為人，而且還是生而為同性戀？和Q交往？和入伍後休假的Q一起躺在浴缸裡喝農藥卻只有我一個人沒死成？養成了不做愛就睡不著覺的習慣？不戴保險套就和陌生人上床？

如果能改變其中一件事，我的人生就會和現在不同嗎？

時間到了。

今天的治療比預期中更早結束。走回公司的路上，我心想著下次也要提早預約。

◈

十二點三十六分，社畜〇三一傳來已到場的訊息。我走進公司大樓，直接走向位於後門的員工專用廁所。有別於大廳的廁所，後門廁所的燈光總是很暗。〇三一已經到了，正在洗手，我輕輕點頭問了聲好，然後抓起他的手腕走進無障礙廁所。無障礙廁所既寬敞、溫暖又沒有人，具備了所有做愛所需的條件。我把放在地上的洗滌劑和拖把推到角落處，為了不弄髒衣服，乾脆脫下外衣和褲子擺在架子上，最後反鎖上門。

〇三一在燈光下顯得比照片上還要老。當然，我也與照片略有不同，所以沒有很在意這件事。〇三一脫下西裝褲子，他的性器也比照片上略黑、略小。

他先射精，我很快也射精了。我今天也遇到了勃起障礙。他抽了張紙巾擦了擦自己的屁股和性器，提起內褲的時候，我看到他的肛門上沾著一小塊紙。〇三一低著頭走了出去。也許我再也見不到他了。我趕快穿好褲子，坐在馬桶上，骨盆一陣劇痛。我無視醫生的警告，今天也沒有使用保險套。說不定我又要染病了。我毫無不安，沒有不安的祕訣就是不抱任何期待。當下的我很想向遠在天堂的母親祈禱，但眼前看到的只有天花板。我設定好十分鐘的鬧鐘，然後深深垂著頭，看著閃亮的皮鞋尖。

我閉上眼睛，希望可以安穩地睡上十分鐘。

我和一個身穿軍裝的男人站在一個巨大的跳水跳板上。我赤身裸體地看著下面，無法預測的高度，渾身起了雞皮疙瘩。身穿軍裝的男人朝跳板的盡頭走去，我嚇得渾身發抖，用雙臂抱住身體。一步步走遠的男人從跳板一躍而下。男人掉進了深深的浴缸。

我總是在一場不安的做愛後夢到Q。夢中的Q總是成功，而我總是失敗。這件事一直讓我覺得又好笑又奇怪。

事情已經過去很久了。

◎

初識齊齊是在七年前。當時，媽媽突然離世，Q也自殺成功了。占據我人生很大一部分的兩個人突然消失後，我便沒有任何事可以做了。出於無聊，我做了之前懶得做的事。例如，每天和陌生的男人做愛，或參加聯誼會通宵達旦地酗酒玩樂。

第一次見到齊齊就是在聯誼會。

有七、八個男人圍坐在桌子前。當時正流行這種聚會，所以酒吧裡總是人山人海。但很奇怪的是，那天的人特別少。在為數不多的幾個人中，一個鬍渣很多、肩膀很寬的男人格外顯眼。他就是齊齊。聚會開始後，主持人站了起來。依照主持人的安排，大家交換位置與不同的男人聊天、喝酒。我們玩起了幼稚的遊戲——因為聽說之前曾透過這個幼稚的遊戲成功打造過幾對情侶。經過幾輪舉手投票，齊齊被選為最難搞的人，而我則被選為最容易上鉤的人。就這樣，我和齊齊成了第一對情侶。大眾的眼睛是最準的。我們在午夜將至前喝得酩酊大醉，離開了酒吧。我本來打算去附近的汽車旅館速戰速決，但齊齊堅持要去飯店。經過一番爭執，我們最終達成協議，搭計程車前往樂天飯店。因為那裡是距離酒吧最近的飯店。我往客房走的時候還好好的，但躺在床上時便忽感睡意來襲。我們費勁脫下一層又一層的衣服，但因為喝得太醉，兩個人都沒有勃起，結果就只是睡了一覺。

早上醒來時，發現我和齊齊赤裸裸地抱在一起。床上擺著廚房用的剪刀和燒酒杯——齊齊喝醉後的習慣是偷東西。我們一邊吃著醒酒餐——齊齊點的美式早餐，一邊聊天。透過聊天，我們發現了一個驚人的共通點。我們的姓和名字中間的字輩一樣。齊齊比我大五歲，但我不想和他稱兄道弟，於是選擇我們名字中唯一不同的「齊」字，開始叫他「齊齊」。齊齊則根據心情會叫我「喂！」或「親愛的」。那天之後，我和齊齊的相處就像親兄弟一樣，我們一起喝酒、去夜店或衝動地跑去曼谷和東京旅行，在那裡和陌生的男人喝酒、上床、偷東西或弄丟東西。那時的我以為酗酒和失憶的世界可以永恆不變。

但變化是一眨眼的事。

我們經常會遇到大大小小的瑣事，但基本原因都來自齊齊與他人的戀愛關係。

雖然齊齊的線條粗獷，長得很有男人味，但一直看的話，就會發現他的眉間很寬，和食蟻獸一樣，所以很難說是傳統審美觀下的美男。或許是因為這種稀少性的關係，所以他在同志之間很有人氣，也有幾個死纏著他不放的人。當時，無論是身體、感情還是開銷都很大手大腳的齊齊，絲毫不在乎外貌、經濟條件和做愛的姿勢，不停地談著短暫且激烈的戀愛。每當這時，我們就很少聯繫。但分手後，齊齊一定會打電話給我大發牢騷。由於我也不是好欺負的性格，所以除了齊齊請喝酒時會把他當成長輩以禮相待，其他時候我也會不耐煩地提高音量和他大吵特吵。三年前，齊齊和那個一九七八年生的企業家談戀愛時，我也以為只是逢場作戲罷了。但當齊齊說要和他一起去美國的時候，心裡莫名產生了不捨之情。想到我這些年也欠了齊齊很多人情，決定送他一份移民兼結婚的禮物。

我送了齊齊一張新世界百貨公司價值一百萬韓元的商品券。母親去世時，自稱作家的父親說是要給我一筆撫恤金，寄來了這張商品券。每次看到抽屜裡的商品券，我都會想起母親說的那句話：「你爸就是一個花錢找罵的男人。」沒想到這張商品券最後到了齊齊的手裡。齊齊用商品券買了一個尺碼最大的RIMOWA行李箱。

「店員說，這是防彈材質，就算遇到炸彈襲擊也不會壞的。」

我至今仍記得當時齊齊興奮的樣子。那個遍體鱗傷的RIMOWA行李箱現在就擺在玄關的角落處，每次看到它，我都很感激齊齊沒有自殺。

齊齊回到韓國後，最先做的事就是隆鼻手術。時差都還沒調整回來，齊齊就走遍江南的整形醫院做了諮詢，然後下定決心對我說：「你的信用卡借我用一下。」齊齊解釋說，至今為止都在定期打針微整，但因為現在一貧如洗了，所以沒有錢打針，只好做手術。一聽就知道他是在鬼扯，但因為我很了解齊齊的性格，所以乖乖地交出了信用卡。那天，齊齊做完手術回到家說，因為是紅遍華語圈的韓流明星的主治醫師持刀，所以手術加價了。

齊齊的手術取得了一半的成功。長長的鷹鉤鼻變得秀挺，沖淡了食蟻獸的感覺。但鼻骨出現黏合情況，搞得一邊鼻孔幾乎要堵死了。齊齊擬了一份協議書，要求整形醫院提供終身免費的皮膚和體形管理服務。為了慶祝成功簽署協議書，那天我們去飯店的餐廳吃了天價的牛排。但是，是我請客。

齊齊的鼻梁都還沒消腫就開始工作了。齊齊說，之前就讀二技觀光英文科系的學長幫他介紹了一份在旅行社做實習生的工作。但看到他興奮地說要存錢去美國時，我不禁起了疑心。哪有公司會僱用三十五歲的老實習生？更何況齊齊哪有關係要好的學長？在我刨根問底的逼問下，齊齊終於說了實話。原來他在一間按摩店工作。齊齊底氣不足地解釋說，那裡是首爾最大的按摩店，無論是在韓國人還是外國人之間都很有人氣，可以賺大錢。

我Google了一下齊齊說的店名，點開最上面的網站，出現了像棋盤一樣密密麻麻的男人的臉部和身體照片。其中一張，是我熟悉的臉孔。雖然眼睛做了馬賽克處理，但我可以肯定他就是齊齊。

TONY（28）：185–83–18

謊報大小也就算了，竟然說自己二十八歲？年紀也差太多了吧。我往下滑，看到按摩師Tony提供各種套餐服務。A套餐，一個小時十萬韓元。C套餐，兩小時三十萬韓元。F套餐，半日包括精油按摩等各種服務，一共七十五萬韓元。我無法想像會有人出這麼多錢和剛做完手術的齊齊上床。

「你臉這樣都能工作？」

「我說了術後還沒消腫。」

「你都不覺得難為情？」

「完全不會。」

也是，齊齊對髮型或皮膚長痘痘這種小事很在意，但對大家都覺得很難為情的事反而毫不介意。齊齊會做出讓我反感的舉動。例如在路上摟著我，或在公司附近挽著我的手臂。對於他人的視線，齊齊有一種超然的態度。換句話說，就是厚顏無恥。也許是因為他在富裕的家庭出生長大，沒有遭受過什麼打擊吧。大多數情況下，我很討厭齊齊的這種態度，但有時也會很羨慕他。

齊齊一生愛過很多人。無論是拋棄自己的失聯父母，還是在大街上賣健康手環的老奶奶，甚至包括我，都公平地得到了齊齊的愛。因為這個緣故，齊齊雙手戴滿了玉手環，還從沉迷於老鼠會的髮廊大嬸那裡買來五桶營養品每天當飯吃。有別於一輩子住在同一個地方也不會跟和街坊鄰居講一句話的我，齊齊根本就是另一種人類。

齊齊每天都在愛著他人，彷彿無法忍受沒有愛的日子。不過他有一種才能，就是每次都會選擇超不適合的對象。和貪慕虛榮、肩膀很寬的舞台劇演員談戀愛時，齊齊可憐人家，自掏腰包幫對方做了牙齒美白。還說演員不能看起來太窮酸，又送了人家名牌包包和錢包。然而，那個演員用齊齊的錢做完美白牙齒之後，就找到了一個比齊齊更有經濟能力的有婦之夫，還得到了一套小公寓。五年後的今天，齊齊說還是會偶爾夢到那個人。但不知從何時起，對任何事物都不感興趣的我再也看不下去了。我列出那些敲詐齊齊錢財者的名單，解釋給齊齊聽，教他參考這些人的敲詐方式，再從其他客人身上收回錢財，這才是資本主義之道。但齊齊充耳不聞。

「被那麼多人利用，你都不覺得委屈嗎？」

「我是因為愛他們才做那些事的，所以沒關係。」

隨著齊齊的愛越來越膨脹，老顧客也越來越多了。每天早上看到擺在化妝檯上的各國貨幣，我不禁訝異，韓國竟然流通著這麼多種貨幣。有一次，齊齊的老顧客——一位大企業的銷售員，寄了空氣清淨機和免治馬桶蓋到我們家。當我坐在溫暖的馬桶上，就會思考齊齊的人氣祕訣。雖說線條粗獷、身材魁梧是齊齊的最大優勢，但一定不只這種原因。齊齊還擁有一種才能，就是可以讓對方在相處的時候感受到他毫無保留的真心。當然，齊齊真心愛著的，只是他愛上某人時自己的樣子罷了。有一次，齊齊喝醉回來對我說了真心話。

「這是祕密。其實，我覺得自己很適合這份工作。每天和不同的男人去飯店約會還能賺錢。我既喜歡飯店也喜歡男人。」

看著一臉嚴肅的齊齊，我不禁笑了出來。認識齊齊的人都能猜到這件事，但他卻當成祕密，所以讓人覺得很好笑。

「別笑了。」

「嗯。」

「這真的是祕密喔。如果是我喜歡的客人，我就不戴保險套。」

「你這個瘋子。」

雖然這份工作很適合齊齊，但他可能是太辛苦了，每晚都會打呼，而且睡眠呼吸中止症也更嚴重了——齊齊睡得很熟，偶爾會掙扎著發出窒息似的聲音。

那天，我又被齊齊快要憋死的聲音嚇醒。我伸出一巴掌輕輕打在齊齊的臉上，生怕他就這樣死掉。齊齊先是表情猙獰，但轉過身後，呼吸很快又恢復平穩。我撫摸著胸口，打開檯燈。側躺著的齊齊，鼻梁亮亮的，彷彿可以看到裡面的假軟骨。

除了Q，還是第一次讓其他男人躺在這張床上。Q死後，我從沒想過會有其他人躺在這裡，可偏偏我現在和齊齊躺在一起。如果齊齊走了怎麼辦？他有了新對象以後，一定會毫不猶豫地丟下所有不需要的東西離開這裡。例如，斷了錶針的手錶、舊皮鞋、傷痕累累的RIMOWA行李箱和我。

這張床上只剩下我一個人的話，到時候誰來講笑話給我聽呢？我也不知道。

我關掉檯燈，等待睡意再次來襲，但直到枕頭變熱也沒有睡著。只是打了一個瞌睡，難以區分是夢境還是現實。睡眠不足的隔天，胯下就會隱隱作痛。我每天穿著齊齊的衣服和皮鞋，前往人生的第二職場上班，然後趴在泌尿科診所的皮床上接受攝護腺按摩，或靠著和陌生人做愛消磨時間。

◎

回到家已經十一點了。從中餐廳開始的聚餐，經由居酒屋，最後來到KTV。第一首歌快要結束的時候，我偷偷拿起公事包跑了出來。我感到疲憊不堪，把脫下的衣服隨手丟在沙發上，一邊想著明天一定要辭職，一邊走進浴室。身穿白襯衫、西裝褲的齊齊正在浴室裡，拿著粉底刷往臉上塗粉底液，浴缸裡滿是泡沫，洗臉盆前點著兩個香氛蠟燭。

「為什麼穿這麼正式？」

「有人訂了F套餐。」

「他要求你穿西裝？」

「沒有，我就是覺得穿成這樣走進飯店的時候，心情很好。」

家裡都破產了，齊齊還沒清醒過來。我靠坐在浴缸邊，伸手攪著泡沫。齊齊花了很長的時間化妝。

「今天去哪裡？」

「首爾ＪＷ萬豪酒店，和上次提的那個家住安養市的人一起去。」

「那個正顎男？」

「嗯。真不知道他今天又要發多少牢騷。」

那個人已經六個月沒有跟齊齊約會了。我不記得齊齊說他是二十八歲還是二十九歲，總之很年輕，而且每次預約按摩師都不按摩，就只是通宵達旦地傾訴一點也不重要的苦惱。齊齊說，和他在一起，感覺自己快要變成心理諮商師了。

身為暴發戶之子，正顎男和大部分的暴發戶之子一樣，大考失敗後赴美留學，讀了一間不知名的大學，最後因不適應而退學。之後又因偶然的機會看到酷兒羅曼史題材的美劇，恍然意識到自己的性取向，結果做出多次與男人約會的嘗試，但始終未能如願以償。在為對方白白付出感情和金錢以後，才發現真正的問題出在臉，果斷地做了包括正顎手術在內的大規模整形手術，結果輪廓變得越來越像女人，最後反而更沒有人氣。

「我最受不了的就是開眼頭的疤痕。近距離一看就像眼屎一樣，教人直起雞皮疙瘩。」

齊齊嘀咕了半天客人的壞話。他拿起定型噴霧，噴得浴室一片白，然後對我說：「今天的笑話講完了。」真不知道這有什麼可笑的。我把手伸進浴缸。

「放水囉？」

「別放，你泡一下吧。突然接到預約電話，我都沒泡。反正等一會兒要泡到手指變皺的。那個白痴天天要和我泡澡，髒死了。」

我趕快脫下內褲，進了浴缸，讓水蓋過頭頂。直到聽不見齊齊的聲音，我才把頭露出水面，朝轉身走開的齊齊大喊了一句：

「你不要搭模範計程車[4]喔！」

⊛

他長得還不錯。

但話太多了。

我在交友軟體上認識的男人是一個二十四歲的工大生，就讀新材料工程系。我稱呼他「工大生4」。工大生4剛入座，就開始侃侃聊起自己的學生時代。他在高中向喜歡的人表白後，同性戀的傳聞便傳遍學校，成了大家公開欺負的對象。有人把壞掉的牛奶塞進他的書桌抽屜，還有人把他的鞋丟進水池，放學回家時還經常被人處以私刑。他奇蹟般地考上大學後，透過精神科治療，才好不容易擺脫了心理陰影。我聽著這些無聊的事，機械式地點了點頭。工大生4一臉敬畏地看著我說：「果然是做顧問的，跟你聊天真有一種心理諮商的感覺。」我覺得沒必要向他解釋企業顧問和心理諮商師是兩種職業，所以咧嘴笑了一下。他看著發笑的我說，感覺我是會思考哲學問題的人。我不知道該如何回答，於是回了一句連我自己都不明白的話：「你為世界感到憂心，這是好事。」每當這時，我就會發現自己是有演技的。開心不已的工大生4又開始滔滔不絕地講起了他在看的書，一個酒精中毒的男人偶然邂逅神明的故事。他說即使是念工程系的自己也從中找到了人生的意義和解答。雖然不知道醉漢的胡言亂語和工程系有什麼關係，但我假裝聽得很認真。故事漸漸朝更離奇的方向發展下去。

「哥，我相信神的存在。很明顯，肉眼看不見的組織正在支配我們的世界，我們只是他們手上的玩具罷了。」

工大生4又信口開河地講起了光明會支配世界的陰謀，還說自己原本也打算加入他們，但分析幾部科幻電影得知他們會最先殺害科學家之後，立刻打消了這種念頭。不僅如此，他還深信我們每個人都是宇宙，宇宙就是我們每一個人。正在進行激昂演講的工大生

4 譯註：在韓國常見的橘色、白色或銀白色為普通計程車，起步價四千八百韓元。黑色為「模範計程車」，十年以上無肇事紀錄才能駕駛模範計程車，起步價七千韓元，收費較普通計程車更高。

4突然握住我的手說：

「身為人類的我們就是宇宙，我會讓你感受到宇宙的。」

我受夠了。我拿起公事包，表示喝完咖啡可以走了，工大生4這才帶著一臉激動的表情揹上書包。他說有一個想和我一起去的地方。難道是附近的祈禱院或道場？工大生4小心翼翼地開口說：

「我想去你家。」

少做夢了。除了Q，我從沒帶過其他男人回家。我以家裡太髒亂為藉口婉拒了他。我沒有說謊，因為家裡一直都很髒亂。工大生4說沒關係，還抓住我的手臂苦苦哀求起來：「哥哥，求求你了。」即使我甩開他，他還是抓著我不放，一直往我懷裡鑽。我並不反感，但也沒有帶他回家，而是去了家附近的旅館。

如他所言，在他的愛撫下，我感受到了宇宙。宇宙既無垠又空虛。

⊛

齊齊連衣服也沒脫就倒在床上，而且穿著襪子講起同事的壞話。齊齊說，那個同事很受高收入中年男人的喜歡，一個月少說也可以賺七、八百萬韓元，但從來沒有主動請過客。他每天就像寄生蟲一樣纏著齊齊和經理請吃飯。可能出於這種原因，他才二十三或二十四歲就嚴重脫髮，無論何時，甚至連做愛時也戴著帽子。我問脫髮嚴重到什麼程度，齊齊給我看了手機裡的照片。

頭頂一片荒蕪，簡直不敢相信是二十幾歲的人。長成這樣也能賺七、八百萬韓元，想必另有原因，於是我問齊齊：

「大嗎？」

齊齊說，與長相不符，他的老二給人一種非常樸素、謙虛的感覺。怎麼說呢，這似乎違背了自然規律。齊齊繼續罵起了那個按摩師。那個人把齊齊和客人私下約會的事都告訴了老闆，害得齊齊的處境十分難堪。

「他也私下和人約會，甚至還不戴套呢。我看他遲早會得愛滋病。」

「你和喜歡的客人不是也不戴套，為什麼詛咒人家。」

「我只和有安全感的人這樣。」

「人家有把安全感三個字寫在額頭上？算了，我也天天不戴。」

「你瘋了嗎？」

「戴套剛硬起來就軟了。」

「你這樣等於找死。」

「總有一天，你也得死。」

齊齊一臉就像吃壞東西的表情看著我，然後從包包裡取出一個小藥盒。小藥盒分成七個小格子，每個小格子有一顆藍色的藥丸。齊齊拿出其中一顆遞給我。

「這是中國製的威而鋼。」

齊齊解釋說，雖然這是偽造藥品，但因為效果高達正品的五倍，所以在按摩店買了很多。齊齊硬是把藥塞進我手裡，要我像常備藥一樣帶在身上。

「這藥的效果超強，吃一整顆搞不好會血管爆裂，所以要用門牙咬成三等份。」齊齊假裝用門牙咬藥做出示範，親切地講解了服用方法。我看著掌心上圓鼓鼓的藍色小藥丸。這顆有稜有角的小藥丸和我熟悉的威而鋼一模一樣。我說要付錢，齊齊擺了擺手說：「我們之間談什麼錢啊。」齊齊摟著我的肩膀說：「知道我愛你吧？」我閃開齊齊的手，把藥放進了西裝內側的口袋。

這是一個可以安然入睡的夜晚。

齊齊回家的時間越來越晚，夜不歸宿的次數也越來越頻繁。齊齊解釋說是因為預約

F套餐的客人越來越多。這世上竟然有這麼多有錢又寂寞的人？我漸漸起了疑心。他真的是陪客人？齊齊就像戀愛成癮一樣，交往對象從未斷過。陪客人喝酒、發生關係是他的職業使命，所以沒有關係。但問題是，他總是買東西給對方。忠言逆耳，我這些話說了幾次以後，齊齊便開始對我隱瞞和男人約會的事了。齊齊不僅夜不歸宿，有時甚至失聯一個星期。他每次都會找不同的藉口。

「我昨天在店裡過夜。」

「客人邀我一起去香港看巴塞爾藝術展。」

即使齊齊如此賣命工作，但錢總是不夠花。他時常抱怨收入不如從前，根本無法維持正常生活。

「這個月只賺了七百萬韓元。」

他怎麼能在一個星期工作六十個小時卻只賺兩百多萬韓元的我面前講這種話呢！

「我想自殺。」

我話一出口，齊齊立刻表示這是不對的想法。我追問為什麼不對，他也只是像鸚鵡學舌一樣重複相同的話。莫名的怒火促使我很想折磨齊齊。我問他：「你聯繫上父母了嗎？」齊齊默不吭聲。「你什麼時候重新做手術啊？」齊齊轉移話題問道。「你天天那麼賣命工作，為什麼總說沒錢？」我窮追不捨地追問，齊齊這才吐露實情。

齊齊在和一個已婚律師談戀愛，那個男人每個月還得和妻子領零用錢，所以很多時候都是齊齊承擔食宿費用。明明就該搜刮客人每一分錢才對，齊齊卻在花錢討客人歡心。我叫齊齊留著肚子裡的大便去飯店拉，齊齊反而笑得合不攏嘴。

齊齊說約了那個律師去山井湖吃鴨肉料理，見他很晚也不回家，我傳了一則訊息給他。齊齊回說，會在律師名下的公寓式飯店過夜。怎麼不早說，害我白等。我很生氣，但再沒多說什麼。熄了燈，躺在床上，閉上眼睛，卻失眠了。我在床上翻來覆去。手機響了，是齊齊的訊息，他說要講睡前笑話給我聽。很可笑的是，齊齊不遵守應該遵守的約定（例如，還錢），反倒是對這種小事信守不渝。但他傳來的笑話一點也不好笑，甚至不好笑到讓人很火大。

—兩個黑人失蹤了，這要怎麼說？

—不知道。

—音訊全無[5]，好笑吧？

—不好笑，那是種族歧視。

—反省文的英文是什麼？

—別鬧了。

—global[6]。

—我說別再講了。

—大家都離你而去，三個字？

—……

—橄欖油[7]。

—……

—你睏了？

—不睏。

—趕快睡吧。

我關掉手機，躺在床上等待睡意來襲，但翻轉了幾次變熱的枕頭也還是睡不著。我打開燈，滑手機找到醫生一〇三的電話。

5 編註：韓語깜깜무소식直譯為「漆黑無音訊」，也有「完全沒有消息」之意。

6 編註：韓語中「反省文」（글로벌）的發音與「全球化」（global）近似。

7 編註：韓語「橄欖油」（올리브유）發音近似olive oil，聽起來像英語 all leave you。

他和我同歲，個子比我高五公分，是一個皮膚白皙、翹臀的住院醫師。我們在大學初次相識，發生過五次左右的關係。初次見面那天，他莫名其妙地告訴我，他從國中開始成績始終名列前茅。我覺得沒有必要回應，於是靜靜地聽著，誰知他死死地盯著我，忽然說感覺我有雙相障礙。

「那是什麼？」

「躁鬱症。」

「你不是在讀預科嗎？」

「通識課[8]上學的。」

雖然他經常口無遮攔地說一些令人掃興的話，但在做愛方面卻和我很合拍。今天這種日子約他出來再適合不過了，我穿上衣服走出家門。

一〇三說十一點可以下班，結果快一點了才到旅館。他解釋說，因為擔任住院醫師剛滿一年，所以經常加班，而且負責的患者快死了。我對這些事一點也不好奇，我只是想做愛而已。一〇三走進浴室洗澡的時候，我用門牙咬了一塊齊齊給的藍色小藥丸。舌尖苦苦的。齊齊說要等半小時左右才會見效。一〇三花了很長時間灌腸。難道是因為他個子高，所以大腸也很長？說不定正是這種強迫傾向促使他取得了今天的成就。凡事竭盡全力、追求完美的人不是都有嚴重的強迫症嗎？我無聊到做起了心理分析。我拿出手機，決定看一會兒直播節目。

我在眾多直播主的封面照片中，點了長相最人工、最不順眼的一張臉。介紹中寫道：「變性直播主波吒的變性故事」。我看起了他的直播。

直播主的雙眼皮很深、貼著假睫毛，一邊啃著醬油炸雞，一邊講著做變性手術的事。她二十一歲的時候，跟雙性人酒吧預支三個月的薪水，在釜山某醫院做了第一次手術。由於第一次手術失敗，人工性器內側長出了很多陰毛，所以不得不重新做手術。直到遠赴泰國接受了最新技法的手術後，她才擁有了和其他人一樣的性器。她說現在不僅可以去女澡堂，而且再也沒有異味了。她的故事一點也不搞笑，反而讓人感到悲傷，但她卻哈哈大笑地講著這件事。沒多久，她突然哭了起來，還用滿是醬汁的手擦眼淚，搞得眼睛周圍都是醬汁，直到假睫毛哭得脫落黏在臉頰上，才停止哭泣。我關掉手機。

不知不覺間，我的下體變得沉重起來。我用手握住彷彿預熱後發紅的性器，感覺就像裹了一層薄薄的五花肉又大又重。準備完畢的一〇三走了出來。

8 譯註：韓國醫大為六年制，前兩年的課程為預科課程，兩年後才修習專業課程。通職課指除專業課程以外的所有課程，也稱教養課程。

兩個回合，途中出了點血，但我擔心他喊停，所以沒告訴他。今天也沒有戴保險套。我不是因為考慮到他的職業，所以認為他帶菌的可能性很小，而是我喜歡不戴保險套。

一切結束後，一〇三就像落跑似的離開了旅館。一〇三的精液留在我的腹部，我沒洗掉便直接昏睡了過去。

Q和我走在遊樂園裡。剃了好似刺蝟般寸頭的Q穿著一身軍裝，蕭條的遊樂園裡空無一人。我們每走一步，地面就會塵土飛揚，Q鋥亮的軍靴很快蒙了一層灰。好久沒有這樣一起散步了，感覺就像回到了大學時代。那時的我們一起吃安眠藥、找旅館做愛、燒炭、喝醋酸或漂白劑試圖自殺。

Q突然抓起我的手放進他的口袋，口袋裡有很多快樂兒童餐的玩具。Q把其中長了很多顆牙齒的藍色小怪物塞給我，我問他這是什麼，Q低聲對我說：

「這是非常珍貴的東西。因為太珍貴，所以我把它埋在任何人都找不到的地方。但我現在連埋在哪裡、埋了什麼都想不起來。」

我打開手，什麼也沒有。我覺得很有趣，笑了半天，對Q說：

「真不知道這有什麼好笑的，我們都三十歲了。」

「我可沒有。」

Q看著我咧嘴一笑。我看到他的嘴角緩緩上揚。也許嘴巴很乾，發出了嘖嘖聲。慢性子的Q連表情變化也慢悠悠的。

因為覺得去高一點的地方比較好，我們往雲霄飛車走去。大得離譜的遊樂園都快要關門了，竟然一個人都沒有。說不定正是因為太大了，所以才沒有人。總之，走到雲霄飛車非常吃力，Q見我體力不支走不動了，提議坐下來休息一下。Q伸手摸了一下我熱得發燙的臉，他的手很涼，我很開心。

「謝謝。」

「不要告訴別人，要幫我保密。」

「什麼？」

「我死掉的事。」

「不行。你這輩子就只成功做了這一件事。」

Q笑著說：

「答應我，一定不能說出去。」

我醒來的時候就只有自己。

乾掉的精液很難洗掉。

星期日，我搜尋了一下家附近的大賣場。一年當中，我和齊齊同一天休息的日子屈指可數，所以我們決定去大賣場買一些生活用品。

大賣場人山人海。興奮的齊齊隨手抓起什麼就往購物車裡丟，然後我再把不需要的東西放回原位。同樣的動作重複了一次又一次。每次購物的時候，我都會覺得齊齊就是為了消費而存在的人。

我們走到乳製品區時，齊齊突然停了下來。齊齊的視線盡頭，一個身穿格紋襯衫的男人站在那裡。男人推著載著孩子的購物車，正在和眼神善良的妻子購物，他們的推車裡都是山羊奶和巴西莓等等，光是看著就會讓人覺得身體健康的食物。男人把頭轉向我們這邊時，齊齊突然撒腿就往反方向跑。我衝著越跑越遠的齊齊背影喊道：「你去哪裡？」但他連頭也不回。我轉頭看向男人。正在挑選商品的男人感覺很眼熟，我突然想起了齊齊給我看過的照片。他就是齊齊最近正在下苦功的那個有婦之夫律師男。我推著購物車靠近男人。齊齊說他雖然年紀不輕，但維持得很好。果然，的確是一個很有品味的大叔。坐在購物車上的孩子正忘我地吃著冰淇淋，嘴巴周圍髒兮兮的。我真恨不得告訴齊齊，他大手大腳為男人花的錢，現在正流進這個好命孩子的喉嚨。律師男和妻子為了挑東西，放開了購物車。我趁機走過去，用肩膀撞了一下就像寵物一樣坐在購物車上的孩子。孩子手裡的冰淇淋掉在地上，我故作淡定，拿起卡芒貝爾起司放進購物車。孩子嚎啕大哭，律師男跑過去哄著孩子。

我在大賣場找了一圈，齊齊的手機關機，我找遍了每一處角落，不見人影。

我原本打算讓齊齊付帳的，結果又失敗了。

❂

我把一大袋從大賣場買回來的東西放在餐桌上。電視一開，傳出了激昂的情歌。也許是因為找齊齊體力耗盡，我感到身體重若千斤。然後坐在沙發上睡著了。

醒來時是被電話鈴聲吵醒的，是齊齊打來的電話。我做好發怒的準備接起電話，誰知傳來的是陌生人的聲音。自稱按摩店經理的男人用驚慌失措的語氣說：

「你最好還是過來一下吧。」

我拿起錢包和手機，穿著拖鞋出門了。天黑了，經理告訴我的地址是一間位於鐘路的卡拉ＯＫ。我年輕時去過幾次——聽說在那裡若是有長得帥的男生唱歌，就會有老男人請喝酒。

又瘦又醜的男生輪流登台獻唱，一首接一首的情歌，無聊至極，歌聲也是出奇難聽。我喝著酒，齊齊趴在桌子上睡覺。每當一首歌結束的時候，我都會搖醒齊齊，但每一首都不是他點的。無論怎麼等，就是等不到齊齊點的歌。底妝過白的服務生偶爾會過來問我們還需要什麼。鄰桌傳來中年男人的溫柔語音，應該是那桌組織聯誼的人。伏特加快見底了，藍色的燈光越來越土氣，周圍的一切都讓人越看越不順眼。剛才唱完任宰範的歌的黃毛拿起點歌機遙控器，選了一首金健模[9]的〈錯誤的相遇〉。我看到他按了插播鍵，瞬間一股火衝上頭頂。

等我回過神時，發現自己正在衝著舞台破口大罵。

「我看到你按插播了。」

黃毛厚顏無恥地謊稱道：

「我剛才不小心按了取消。」

「少胡扯。我他媽的都等一個小時了！」

我抓起桌子上的伏特加酒瓶丟向黃毛。酒瓶砸在牆上碎了，黃毛發出尖叫聲。服務生跑來抓住我的雙臂。

「您別生氣。」

我輕鬆掙脫服務生的手，朝黃毛走去。我不知道自己為什麼生氣，只知道自己現在很火大。我大步流星逼近黃毛，就在我準備撲上去的瞬間，黃毛被某人踹了一腳。是齊齊。齊齊和黃毛抱在一起從舞台上滾了下來。

這一切就在瞬間發生。

9 編註：出生於一九六八年，憑藉獨特的歌唱和舞蹈風格贏得大眾喜愛，是九〇年代最受歡迎的男歌手之一。於一九九五年發行的專輯《錯誤的相遇》銷售量達到二百八十六萬張，曾為韓國專輯銷量冠軍，直至二〇一九年此項保持了二十四年的紀錄才被防彈少年團打破。

聯誼的那桌人破口大罵，紛紛離場。我莫名覺得委屈，衝著那群人的後腦勺大喊道：

「我親眼看到他按插播的。幹你娘，我都等一個小時了。」

我的眼眶無緣無故地紅了，聲音也越來越小。在場的人都走光了，只剩下我和齊齊。服務生端來加了冰塊的即溶咖啡和烤魷魚，硬是坐在我和齊齊中間，撕著魷魚說：「這是送二位的。您別和那些醜八怪生氣了。就因為他們，今天都沒什麼客人，謝謝你把他們都趕走了。」近距離一看，服務生的ＢＢ霜白得離譜，加上戴著深色的隱形眼鏡，看上去就和外星人一樣。撕完魷魚的服務生一邊道謝，一邊輪流摸了一下我和齊齊的大腿。伴奏斷斷續續，我喝了一口即溶咖啡。當熟悉的旋律響起時，齊齊猛地站了起來。

「是我點的歌。」

齊齊衝上舞台，放聲高歌：「蛇啊～～蛇啊～～對身體有益又美味的蛇啊～～」坐在我旁邊的服務生也站起來，賣命地搖起了手搖鈴。

深夜很難叫到車。我和齊齊手拉手往馬路走去。齊齊看起來心情很好，他哼著歌，牽著我的手前後搖擺。由於搖得太用力，包包的帶子總是從肩膀滑下來。我幫齊齊固定好帶子。走到馬路邊的時候，齊齊突然停了下來，他指著二十四小時的麥當勞說想吃漢堡。我拽住齊齊的手腕：「明天還要上班呢，吃什麼漢堡啊。」齊齊一動不動地站在原地。

「我不用上班了。」

「為什麼？」

原來齊齊因為經常和客人談戀愛，被老闆除名了。齊齊愣在原地半天，忽然癱坐在地上放聲大哭起來。

「我現在成了沒用的廢人。」

看著就像孩子一樣大哭大鬧的齊齊，我心裡莫名很不是滋味。我也想了一下要不要趁醉意跟著他大哭一場，但比起流眼淚，我更想小便。我拋下哭鬧的齊齊，跑到電線桿後面拉下褲子拉鍊。也許是喝了一瓶伏特加的關係，尿特別多。尿總是濺到腳上，於是我一邊繞著電線桿轉圈圈一邊尿尿。地上的尿沒有滲進地裡，而是流到了黃色的指路磚上。我蹲在地上，看著流淌而去的尿。指路磚是黃色的，所以看不出是尿。我回頭的時候，齊齊不見了。我拉上拉鍊，喊了一聲齊齊的名字。

10 編註：歌詞引用自〈蛇來了（請忍耐）〉，這首韓語歌曲是以詼諧、有趣、能炒熱氣氛的歌詞聞名，一九九四年，徐判錫作詞，鄭義松作曲。

我四下張望，尋找了半天。突然有人抓住我的肩膀，是卡拉ＯＫ的服務生。服務生蒼白的臉顯得更加蒼白了。

「點歌機的遙控器不見了。」

我跟著服務生回到店裡，確認監視器拍下了齊齊把菸灰缸和點歌機的遙控器放進自己背包裡的全部過程。我這才明白了為什麼他的包包那麼重。

我用儲值卡付了點歌機遙控器的錢。

⊛

我一個人回到家。雖然走了很多條小巷，但始終不見齊齊的身影。他揹著那麼重的包包到底去哪裡了？我走進玄關，被什麼東西絆倒了。齊齊的RIMOWA行李箱敞開著擺在地上。我癱坐在地，看著鋁製的行李箱。雖然外表又髒又凹凹凸凸的，但裡面還是很新、很藍、看起來很結實。如果我的身體是這個RIMOWA行李箱該有多好。防彈的材質不會受傷，也不會感染任何疾病，一瓶農藥下肚也不會有任何問題。

我爬到行李箱旁邊，躺在裡面。脖子和腰彎曲後，四肢很滑稽地露在外面。躺在行李箱裡比躺在地上溫暖，所以我靜靜地躺了半天。

明天要上班，我必須趕快睡覺。但怎麼辦？自從齊齊搬來後，每天都要聽他講完笑話才能入睡。今天齊齊不在，那我只能自己講笑話給自己聽了。講什麼笑話呢？這段期間發生了很多有趣的事，但我能想起來的就只有那些茫然空虛的事。

此時此刻，世界某個地方正在舉行Bunga Bunga Party，Q已經死了，但我還活著，而且尿了一大泡尿。

還有什麼呢？嗯，還有一些短笑話。

兩個黑人失蹤了。

音訊全無。

反省文的英文。

global。

大家都離你而去。

橄欖油。

尋找

芭黎絲・希爾頓

今天早上狗走丟了，素拉最先做的事是，在Instagram貼出尋狗啟事。新貼文貼出不到兩個小時，她就收到了三萬個點讚和一萬八千次的分享。

我望著擺在六人餐桌上的豬腳骨頭，盤子裡剩下的就只是又大又粗的骨頭。我在思考的是，用筷子剃下大骨頭上少許的肉，和拿起整塊骨頭啃，哪一種行為看起來比較不會太奇怪呢？和與自己毫不相干的人一起喝酒時，我又能做什麼呢？我用筷子剃下骨頭上的一小塊肉，放進嘴裡，冷掉的豬肉又腥又乾澀。素拉坐在我身旁，拿起燒酒杯，把半杯燒酒倒進嘴裡。我輕輕把手放在素拉的大腿上，意思是讓她慢點喝。坐在對面的三個人愣愣地看著我。他們都是看到素拉Instagram上的尋狗啟事為了幫忙找狗而趕來的人。幾個人都自稱愛狗專家，經過一番討論後得出結論：先在平時經常遛狗的漢江市民公園——也就是盤浦區一帶，展開搜尋行動。他們沿著漢江邊呼喊狗的名字，到了中午才意識到這種方法根本找不到狗。剛好附近有一家以口感香嫩聞名的煙燻豬腳店，於是這幾個人決定邊吃午飯邊討論找狗的方法。他們走進這間在Instagram上看到過一千八百六十次的豬腳店，點了一份中號的豬腳，然後素拉在豬腳所剩無幾的時候，呼叫了正在公司上班的我。

無所事事的素拉近期最熱衷的事就是Instagram。素拉在個人簡介中介紹自己是模特兒、電影導演、散文家、小說家和旅行作家。的確是這樣。素拉是幾間小規模網路商店的模特兒，這也是她唯一的經濟收入來源。此外，她也去過東南亞和歐洲等國家，搭配風景照寫過一些抽象、感傷的文字，拍過幾部根本沒人看的電影短片。Instagram中的素拉比現實中更憂鬱，眼睛更大，臉也更小。我和素拉一起去過的地方、吃過的食物，以截然不同的面貌出現在她的Instagram上。當然，我也成了被編輯的對象，不小心拍到的手腕和肩膀都被無情地抹掉了。僅憑這一點就夠讓人心情不悅了，但真正讓我忍無可忍的，其實是那些斷了腿或頭上長蛆的流浪狗照片。我知道，她貼出這些照片是為了揭露人類的殘暴，宣傳動物的權利和保護動物。但每次看到這些照片，我都覺得自己的情緒受到影響。為了持續愛著素拉，我果斷封鎖了她的帳號。在Instagram裡，我和素拉永遠也不會相遇。

「我認識素拉三年了，竟然如今才知道她有男朋友。」

自稱刺青師的男人一邊倒酒一邊說道。我沒說什麼，但伸手摟住了素拉的肩膀。素拉擠出尷尬的笑容，輪流看了一眼我和那個男人。男人紅著臉，看著無辜的啤酒杯。不知道是職業病的關係還是天生如此，男人的背彎得像弓一樣。透過他的領口，我看到了一個金髮少女，少女的下巴處寫著「Love & Peace」。男人的脖子也紅了，還瞥了一眼素拉。他和素拉是什麼關係？雖然他們說今天是第一次碰面，但誰信啊？說不定他們在某一天喝得酩酊大醉曾假藉醉意發生過關係。又或者只是顧客和老闆的關係，素拉在詢問刺青報價後出爾反爾，說什麼不相信永久，突然覺得把永遠洗不掉的圖案刺在身上很矛盾。如果是素拉，肯定會做出這種事。我眼前浮現出了兩幅畫面：刺青師胸口的少女眼睛碰觸到了素拉棕色的乳頭，和他那根如同自己細長臉型的老二。我看著素拉泛紅的側臉，想像著那根細長的東西觸到喉結時，一定會像針扎似的痛。素拉可能是覺得我的表情不對勁，緊緊地握住了我的手。素拉尷尬地笑著，這與平時的她有些不同。

「你一定很擔心芭黎絲吧。」

自稱櫻桃的女人對我說。待我回過神來，意識到她說的芭黎絲就是我養的那隻狗時，才「嗯」了一聲。鼻梁也紅紅的素拉抽出一張紙巾，噗噗地擤了幾下鼻涕。櫻桃遞出一張名片說：「我和素拉在同一個團體活動。」

韓國動物救助協會Activist櫻桃。

我裝模作樣地接過名片，攥皺後放進口袋。比起芭黎絲，櫻桃這個名字還更像狗的名字。素拉大聲說道：「櫻桃姊是不是很童顏？她可是一個了不起的人。」這個女人的下巴很短，眼睛很大，的確具備了童顏的條件，但整張臉散發著一種攻擊性，所以看起來並不年輕，而且她身上穿著二十世紀初流行過的花紋洋裝。我記得在哪篇文章中看過，隨著年紀漸長，人類會追求自己最美的瞬間。這個女人越看越有一種莫名的惆悵感。

「可以問一下，你從事什麼職業嗎？」

櫻桃用一種近似逼問的語氣問道。刨根究底追問一些沒用的問題直到問到對方尷尬為止，似乎就是這種人的特徵。我回答是上班族，櫻桃緩緩地點了點頭說：

「好意外喔。真沒想到素拉會和上班族交往。」

她好像很了解我是什麼樣的人。我為了分散焦點，問了一個毫無意義的問題。

「大家都不用上班嗎？怎麼都在上班時間趕過來了？」

素拉尷尬地笑著說：「他們都是自由工作者。」根據Instagram上的介紹，他們分別是刺青師、插畫師和社運人士。素拉摸著嘴唇說：「大家都是藝術家。」刺青師誇張地擺著手說：「素拉才是真正的藝術家。她拍的電影都讓我看到哭了。」眉間很寬的插畫師問我：

「你應該最清楚，和這麼有創意的女生交往是什麼感覺？」

我從沒看過素拉拍的電影。

交往滿兩年的那一天，我和素拉就跟平時一樣，面對面坐在星巴克的大桌子前。因為那張桌子下面有插頭，所以素拉很喜歡坐在那裡。我們與往常一樣，聊著半個小時後就會忘得一乾二淨的話題。突然間，素拉把筆電螢幕轉向我，說要給我看一看她拍的電影。我看著筆電亮度過暗的畫面，素拉一反常態，一臉害羞地盯著只剩下咖啡渣的杯子說：「我打算報名釜山電影節。」

「這個嘛。我沒看過素拉的作品。就算看了，我又能看懂什麼呢？像我這種普通人和藝術根本沾不上邊。」

我笑著回答。素拉垂下頭，用雙手緊緊地抓著裙角。刺青師看著素拉，插畫師和社運人士都沉默了。也許我就是藝術狂人們的驅魔師。

我對低著頭的他們表示，非常感謝他們百忙之中擠出時間幫忙找狗。刺青師用平淡的語氣回答說：「因為我們知道素拉有多愛芭黎絲，所以無法置之不理。」他還不知羞愧地補充了句：「我們時間多著呢。」櫻桃一邊往素拉的杯裡倒酒，一邊說：「我什麼都有，就是沒有錢和男人。」大家聽了，誇張地大笑起來。我擠出笑容，看著桌子下面自己的雙腳。整天穿著皮鞋，腳一定很臭。我的腳邊放著一疊尋狗啟事的傳單，黑白傳單上的狗臉一點也不像我養的那隻狗。但不管怎樣，還是可以看出牠是一隻毛茸茸的小白狗。因為事態緊急，傳單出現了錯誤，找回懸賞，漏掉了「賞」字。當我發現的時候，八十張已經印了三十二張，所以只好先這樣了。反正當務之急是找回那隻狗。社運人士櫻桃突然把手伸到桌子下面，抽出一張傳單看了看，只見她毫無彈性的額頭上出現了幾道皺紋。

「天啊，怎麼漏掉了一個字！」

「啊，那個，怪我太著急，少打了一個字。」

「而且還寫寵物狗，我的神啊。」

大家用驚訝的表情看著我。素拉從櫻桃手裡搶過傳單說：

「我說過多少次了？」

「什麼？」

「芭黎絲不是寵物狗，是我們的家人。」

「叫寵物狗怎麼了？我已經貼出去三十多張了。」

我真不明白在寵物店買的狗為什麼不能叫寵物狗。素拉坐在椅子上，氣得大口喘氣，其他人默不作聲，拿著筷子攪和著桌上的小菜。刺青師靠近素拉，幫她倒了一杯酒，勸她消消氣。素拉猛地拍了一下桌子，對我大喊道：

「不許你叫牠狗！牠不是狗，牠是芭黎絲！」

「憑什麼叫芭黎絲？」

「牠從前就叫芭黎絲，以後也叫芭黎絲，永遠都叫芭黎絲！因為芭黎絲是我取的名字！」

「那是我的狗，憑什麼叫妳取的名字？」

「怎麼就成了你的狗？那是我們的狗！你總是這樣，心裡根本沒有我，是不是？」

櫻桃插嘴道：「素拉，妳醉了。別說了。」

「是啊，素拉，妳喝醉了。真是對不起，因為我們，害大家辛苦跑了一趟。」

我起身點頭道歉，大家尷尬地笑了笑。我摸著素拉的肩膀說：

「素拉，起來吧，我們得去找狗！」

「我都說牠不是狗了！」

素拉抓起桌子上的大骨頭向我一揮。瞬時，剎那的刺痛掠過我的額頭。我趕快搶下素拉手中的大骨頭，但眼前突然一片模糊，感覺暈暈的。櫻桃發出尖叫聲，店裡瞬時鴉雀無聲，所有人看向我們。我感覺左眼上方熱呼呼的，用手一摸，眉毛撕裂湧出了鮮血。遠處傳來豬腳店老闆打電話報警的聲音。

那天嚷著要買狗的人是素拉，把車停在忠武路大型寵物店門口的人是我。

那天是我和素拉交往兩週年的紀念日。雖然我們在她喜歡的飯店喝著她喜歡的紅酒度過了一晚，但她看起來心情一直都很低落。開車回家的路上，如履薄冰的沉默籠罩著我們。忽然，素拉開口問我：

「你為什麼和我在一起？」

我簡短地回了句：「因為我愛妳。」然後故作輕鬆地反問道：「那妳為什麼和我在一起？」素拉默不作聲地望著窗外，半天沒有講話。忽然，她大喊叫我停車，說要買狗。我們走進像是開著一百盞燈的寵物店，寬敞明亮的店裡，一側牆羅列著玻璃箱，每個箱子裡都躺著巴掌大的小狗。牠們太小了，比起小狗，看上去更像是老鼠。另一側牆上掛著直立式百葉窗簾，上面貼著一張白人女子抱著一隻小白狗的照片，照片下方用新細明體寫著幾個字：芭黎絲．希爾頓與她的寵物狗泡菜。我隱約記得看到過芭黎絲．希爾頓在忠武路的寵物街買狗的新聞。我站在百葉窗簾前的時候，素拉摸了幾隻狗，還抱出來親了親，然後抱著一隻特別像倉鼠的小白狗走到我身邊。

「牠咬了我一下。看來這就是命運。」

牠咬妳難道不是因為剛才我們吃的橄欖油義大利麵嗎？話到嘴邊，但我還是嚥了下去。因為素拉十分重視賦予雞毛蒜皮的小事意義。素拉把小狗抱在懷裡，和牠竊竊私語了起來。這就表示她已經下定決心了。

因為一張由來歷不明的機構發行的血統證明書，那隻長得和老鼠一樣的小狗身價高達一百二十多萬韓元。怎麼看都像騙子的男人，油腔滑調地說這隻狗的媽媽是參加過選秀賽的純血統珍品犬。在我眼裡，這隻嘴巴歪掉、毛髮稀疏的狗，與其說是珍品，更像是次品。但因為素拉選中了牠，所以我只能買下來。

按照原計畫，小狗應該由素拉來養。但就像素拉的所有計畫一樣，養狗計畫也不得不做出修改。因為素拉的母親以一次也沒得過的氣管炎為由拒絕她養狗。素拉把印有寵物店名字的棕色運輸籠放在我家的餐桌上說：

「就是因為那些老傢伙，我才會這麼麻木不仁。」

素拉說，從小媽媽就不讓她養寵物，這足以證明她是受情緒虐待長大的。素拉所說的情緒為何意呢？我很好奇，麻木不仁的人也能有那麼多眼淚嗎？素拉滔滔不絕地抱怨起自己是在何種約束和壓迫下長大。我很想反駁她，妳就是得益於父母近似潔癖的保守觀念和勤勞樸實的生活態度，才能在大學期間換了三次科系，而且三十而立也沒有一份正經八百的工作，現在還能遊手好閒地跑來我家大發牢騷。但我什麼也沒說，而是抱住了素拉，我希望她能感受到我寬大的胸懷足夠溫暖。

走進派出所，素拉的背影映入眼簾，她在哭泣。警察讓我坐在素拉旁邊，他在寫調查報告。我說沒什麼大事，就只是發酒瘋罷了。警察瞥了一眼我的額頭說，既然受理案件了就要完成報告。我點了點頭，坐在素拉身旁。麻醉藥的效果過了，眼眉周圍傳來火辣辣的痛。我在附近的大學醫院急診室接受了簡單的治療，不過縫了幾針而已，就花了十幾萬韓元。就在我苦惱是否能申請到保險理賠時，素拉嚎啕大哭了起來。警察用不耐煩的語氣問道：

「你們是什麼關係？」

「曾經是戀人，但現在不是了！」

素拉猛地起身大喊道。有別於氣勢洶洶的聲音，大顆的眼淚從素拉紅腫的雙眼落了下來。素拉哭的時候最美。每次看到最美的素拉，我都會對於自己為什麼可以忍受她的那些缺點恍然大悟。我一把將素拉攬入懷中，越過素拉的肩膀，我看到了正在偷笑的警察。懷中的素拉用拳頭捶打我的胸口，我更加用力地抱住她。素拉哽咽地問我：「你為什麼和我在一起？」我以能夠發出的最可愛的聲音回答說：「因為我愛妳。」素拉連連搖頭：「你不愛我，我不知道為什麼要和你在一起。我受夠了。」我貼在素拉的耳邊，重複地說：「我是真的愛妳。」素拉哭著質問我：「如果連你都不理解我，還有誰會理解我呢？你知道這件事對我有多重要嗎？」我拚命點頭，表示知道。素拉傷心地哭了半天，坐在椅子上擦乾眼淚。我替素拉回答了所有的問題，完成了調查報告。調查期間，警察一直垂著頭笑個不停。

結束後，我抓起素拉的手腕準備往外走，但素拉死也不肯動。我提議去吃麥當勞。由於經常減肥的關係，去麥當勞吃大麥克套餐成了素拉發酒瘋的習慣之一。聽到大麥克套餐，素拉的表情立刻變了。

「真有麥當勞？」

「嗯。我帶妳去。」

素拉假裝想了想，乖乖地靠在我身上。等到我喝著素拉不喝的可樂，看著她用小嘴啃大漢堡，應該就會沒事了吧？只要我揹著酒足飯飽後熟睡的素拉往家裡走，這一天就會結束了吧？今天、明天和未來都會以這樣的方式生活下去吧？豬腳店距離派出所不遠，我的車停在豬腳店的停車場。我抓著素拉的手腕走出派出所。搖擺不定的素拉把手臂搭在我的肩膀上，緩緩邁著步子。看似很輕的素拉，攙扶起來卻一點也不容易。我就像搬運重行李一樣拖著她，地面發出鞋跟的摩擦音。素拉的洋裝裙尾捲了起來。她突然瞪大半睜的眼睛，猛地推了一下我的胸口。因為事發突然，我們失去平衡倒在地上。素拉大喊道：

「都看到內褲了！」

我站起來，拍了拍手，弄掉嵌在手上的小石子。眉毛撕裂的傷口和胸口同時一陣刺痛。素拉氣呼呼地蹲在地上。我感到心中一股熱氣翻湧而上，衝著素拉大喊道：

「不用擔心，根本沒人看妳，哪有人關注妳。」

我把手伸向素拉，但她打了我一巴掌。

「你騙人，根本沒有麥當勞。」

「有，再走一段路就能看到了。」

也許是消氣了，淚眼汪汪的素拉抓住我的手堅持要去麥當勞。她的手就像孩子一樣柔嫩。我一邊拉著素拉往前走，一邊惦記著那隻狗。得去找狗啊，沒人去找牠，都把找狗的事給忘了，但我得去找牠。牠不是什麼芭黎絲，而是我養的狗。時間已經過了下午，眼看就要天黑了。是素拉打電話到公司對我大吼大叫說狗失蹤五個小時還找不到的話，找回的機率就會掉到十分之一。五個小時早就過去了，難道說我以最高的機率永遠地失去牠了嗎？我們就快走到豬腳店了。雖然不是吃飯時間，但寬敞的停車場還是停滿了車。生意這麼好，完全是靠Instagram的人氣。由此可見，Instagram的力量實在驚人。我和素拉手牽手往停車場走去，某處傳來沙沙作響的聲音。只見餐廳後門堆放垃圾袋的地方，有隻小白狗正在翻垃圾，短腿、毫無光澤的長毛和我們要找的小狗背影很相似。素拉大喊了一聲：

「芭黎絲！」

我跑到垃圾堆前，那隻小狗把頭伸進破口的垃圾袋裡啃著骨頭。我像往常一樣衝著小狗大吼道：「喂，你這個小畜牲！」小狗轉過頭，牠的嘴又長又髒，就是一隻流浪狗。小狗嚇得把骨頭掉在地上跑走了。我撿起那塊骨頭，關節上還有些肉，我把骨頭放進口袋裡，心想說不定可以用它來引誘小狗。素拉追著跑走的小狗大喊：「芭黎絲！」我追過去攔下蹦蹦跳跳的素拉，素拉甩開我的手，用平靜的語氣說：

「我知道你在說謊。」

「那邊真的有麥當勞，我們一起去吧。」

「沒有麥當勞。而且，你不知道……」

「我不知道什麼？」

「你不知道我都知道什麼。」

素拉快步朝馬路邊走去。我嘆了口氣，趕快追了過去。素拉站在路邊，伸手攔著計程車。我抓住她的肩膀說：「素拉，我們得去找狗啊。」

素拉歇斯底里地喊說：

「我今天早上剛打開你家的門，芭黎絲就跑出去了。那隻小短腿跑下樓梯，頭也不回地跑走了。我知道這表示什麼，我知道，我都知道！」

「妳到底知道什麼？」

「我們永遠也找不回芭黎絲了！」

素拉的眼眶又紅了。我牽起素拉的手，向她道歉。素拉甩開我的手，卻摔倒在地上。摔倒的聲音很大，膝蓋破了皮。素拉就像小孩子一樣，嚎啕大哭的同時手腳也沒有停下來。我正要扶她起來，一台計程車停在我們面前。素拉用膝蓋爬過去，抓住車門站起身，破皮的膝蓋正在流血。坐上車的素拉就像什麼事也沒有發生一樣，用很有教養且沉穩的語氣說道：

「司機，請到蠶室站。」

車門關上後，載著素拉的計程車便往江邊開走了。

我望著漸漸遠去的計程車，想像了一下坐在車裡很快就會昏睡過去的素拉。說不定司機會對不醒人事的素拉圖謀不軌，搶劫、性侵、殺人、毀屍滅跡……總之，人類遭遇的所有不幸都可能發生在她身上。如果真是這樣，那我和素拉的人生就又多了一段插曲。我想像著所有可能發生的、最糟糕的情況，不禁因老套的劇情笑了出來。

素拉到底知道我什麼祕密呢？

自從買了狗以後，表面上看，我們的關係並沒有任何改變，就只是多了一隻比巴掌還小的狗而已。但的確有什麼在一點點地、慢慢地發生變化。素拉比之前更沉迷於Instagram了。對素拉而言，Instagram似乎成了她唯一實現自我的場所和人生的櫥窗。

我也有自己使用Instagram的方式。例如，約砲。方法很簡單。在搜尋框中輸入與性愛有關的關鍵字，就可以看到一堆性器的特寫照，然後選擇符合條件和時間的帳號，寄出私訊就可以了。Instagram的管理員一旦發現這種標籤就會立即刪除，所以為了找到更新的標籤，搜尋動作必須要快，機警地應對變化，眼疾手快地抓住機會。因為這與過去十幾年的公司生活相似，所以我還滿得心應手的。我們找到了最適合彼此的生活方式，也會持續摸索下去。至少我是這樣相信的。

毛毛細雨就像大霧一樣籠罩著盤浦區。我喊著小畜牲走在漢江邊，肩膀很快就濕漉漉的了。儘管飄著雨，但還是有很多人沿著漢江跑步。我和素拉也曾在這裡遛過一次狗。小畜牲很喜歡狂奔，只要素拉解開狗鍊，牠就會頭也不回地一路狂奔。但當素拉叫了幾聲芭黎絲，牠又會像橡皮筋一樣原路跑回來。我已經忘了當時我們聊過什麼，只記得素拉穿著緊身的淡紫色運動衣，我的運動鞋後跟內裡磨損嚴重，摩擦得腳後跟很痛。

好時光還是有的。

素拉現在在哪裡呢？可能已經到了自己的房間，躺在鋪著白色鵝絨被子的床上，褲襪只脫到一半，就張著嘴巴呼呼大睡了吧。整面牆的書櫃裡也一定亂七八糟地塞滿了外國人寫的書吧。

我察覺到口袋裡的手機震動，心想可能是有人找到狗打來的電話，趕快取出手機，但震動停止了。五通都是素拉打來的未接電話和一則訊息。雨滴落在手機畫面上，看不清訊息，我用袖子擦了擦手機，結果手機掉在地上，螢幕摔出了條條裂痕。我瞇著眼睛，透過螢幕上的裂痕看到寫著錯字的訊息：

—現在是性福時間

我打電話給素拉，但她的手機關機。我突然想起素拉說父母去美國旅行了。一種不祥的預感油然而生，我朝停車場飛奔而去。

我用顫抖的手按下門鎖的密碼。素拉的父母記不住密碼，所以所有的密碼都是她手機的後四位數字。我走進客廳，鴉雀無聲。素拉的家又大又豪華，就是我們想像中的那種豪宅。踩在大理石地面的觸感涼涼的，身體不由得僵住了。我屏住呼吸，往唯一關著房門的房間走去。敲了敲門，無人回應。我緩緩地打開房門走了進去。

房間裡瀰漫著酒氣。櫃門大敞四開，素拉橫躺在衣櫃前，脖子上纏著褲襪中的一條腿，一瓶沒了瓶蓋的伏特加酒瓶滾落在一旁。不知為何，素拉的脖子紅紅的，我把手指伸到她的鼻子前，還有呼吸，她是睡著了。我感到雙腿無力，癱坐在地上。我趕快打起精神想解開纏在素拉脖子上的褲襪，但纏得太緊，很難解開。我抱起素拉，褲襪的另一條腿晃來晃去。我把素拉放在床上，躺在她身邊，把褲襪的另一條腿纏在自己的脖子上。但褲襪太短，怎麼也綁不住，最後只好作罷。即使我在一旁折騰了一番，素拉也沒有半點動靜，她似乎睡得很沉。我背對素拉躺在床上，高級原木書桌下面的筆記本映入了我的眼簾。那是素拉平時總帶在身上的筆記本。我撿起筆記本翻了翻。

第一頁是用圖表整理的星座性格。素拉發揮她處女座的特質，用螢光筆在敏感、深思熟慮、適合學術和藝術領域上畫了線，但神經質和歇斯底里的部分卻沒有做任何標示。第二頁是主角、九型人格和心理分析等內容。我又翻了幾頁，看到了她所抄寫毫無條理的電影理論。這些內容證明了六個月的學院課程，素拉只聽了兩個月。接下來幾十頁不知道是隨筆還是日記。我大致看了一下，內容幾乎一樣，在受壓迫環境下長大的女主角被人強暴或遭遇其他不幸，一生飽受心理創傷的折磨。但主角不是變成同性戀就是毫無緣由地殺人或沉迷於性生活，最後全都以自殺收場。無論翻看哪一頁內容，都會讓人覺得這是不滿十六歲的孩子的文筆，毫無完成度可言，有的故事甚至寫到一半就放棄了。後面都是白紙，但最後一頁有幾行潦草的字跡，內容感覺像是遺書。

狗生狗，狗養狗。

最後變成狗打狗。

為什麼不肯放過我？現在看到我了吧？

我受夠了這種無聊的人生，我要去尋找幸福。

也許素拉寫到最後哭了，幸福兩個字模糊了。我不由自主地笑了出來，因為這幾行字和素拉醉酒時的語氣太像了。為了不吵醒素拉，我捂住嘴巴，但不知為何掉下了眼淚。連我自己也不知道這是為什麼，真是教人費解的眼淚。我覺得自己在哭也很好笑，結果又笑了出來。為了憋住不笑，眼淚又流了出來。片刻過後，我把遺書撕下來放進口袋，再把筆記本放回原位。我踮著腳尖走出素拉家，心想下次絕對不會再和這麼有戲的人交往了。

離開素拉家，我又去了漢江。雖然我覺得這很像把自己當狗使喚，但都沒有人去找狗的話，也只能自己親力而為了。雨滴打在玻璃窗上，越下越大，我望著視線模糊的前方，行駛在奧林匹克大道上。我回憶著去年一事無成的素拉。

去年素拉打算憑藉短片參加釜山電影節，但正如所有人預想的那樣，根本沒有入選。我早就忘了那天素拉在星巴克給我看的電影內容。那部電影就和素拉的日記差不多，就只是為了素拉而存在的電影而已。女主角長得很像素拉，但沒有素拉漂亮，還用素拉的語氣表達著無人理解的悲傷。

出於偶然的巧合，我去了與素拉無緣的釜山電影節。作為我們部門新開發的海洋發展專案負責人，我被派到釜山和金海半個月。電影節期間，我一直住在海雲台附近。我負責的工作就只是確認現場正常運轉，再向公司匯報而已，加上沒有人監視，所以空閒時我就一個人在海雲台附近閒逛。我偶然走進的電影院正在上映電影節的作品，我看了其中一部。不愧是藝術電影，無聊至極，感覺就和素拉拍的電影差不多。我為了忍住席捲而來的睡意吃了不少苦頭。看完電影又去了星巴克，點了一杯熱美式，坐在窗邊，觀察湧入街頭的路人。我不禁覺得自己和素拉很像。街上形形色色的人，每個人都有自己獨特的醜。這些人看上去一點也不愉快，他們看完電影，然後走到沙灘散步。難道這就是所謂的電影節？素拉那麼傷心，就因為未能入選這樣的電影節？這些路人的表情就像一輩子沒做過任何有意義的事情，看著這樣的他們，我不禁覺得原本就夠無聊的人生變得更加無聊了。

到了漢江，我夾著潮濕的傳單下了車。我漫無目的地邊走邊呼喊小畜牲。雨越下越大，大到睜不開眼睛。傳單很快就被雨淋濕了。真不知道那隻小狗跑去哪裡，我走了幾個小時也不見狗影。難道牠用自己的小短腿游到江對岸去了？

那隻小狗住進我家後，生長得非常緩慢。因為牙齒咬合的問題，所以吃東西變得很困難。牠經常隨地大小便，咬壞飯碗，從圍欄裡跑出來把家裡弄得亂七八糟。每當這時，我就會踹牠。牠嚇得半死，躲在角落裡，狗嘴都嚇歪了。我曾經想過讓身價不菲的牠傳宗接代，跟同種的母狗進行交配，結果牠一事無成，還被比自己大的母狗咬了幾口。沒有結紮的狗動不動就發情，牠總是抓著我的手幹個不停。每當這時，我就用腳踹牠。牠被我踹得大翻白眼、口吐白沫，嘴巴也歪了。每次我都以為牠死了，但沒過多久就又醒過來，然後渾身顫抖地看著我。就算這樣，牠還是吃著我餵的狗糧，隨地大小便，不分場合地發情。這種事可能很正常吧。

畢竟牠是狗。

仔細想來，這都是素拉的錯。要不是她非要開門通風換氣，然後自己跑去上廁所，狗也不會跑走。素拉已經半年沒接過網路商店模特兒的工作了，但她每天還在吃那種帶有利尿成分的減肥藥。服用那種藥，每十五分鐘就要去一次廁所。她沒有養狗的條件，還死纏著我買狗，非但一分錢不出，還跟我爭狗的所有權。不僅如此，她還擅自幫牠取名為芭黎絲・希爾頓。倘若我說這都要怪她的執著和虛榮，她肯定會反駁說我對待狗的樣子就像惡魔。

我把濕透的傳單丟在地上，坐在長椅上。我為什麼要找那個忘恩負義的小畜牲？我們之間又沒有什麼感情。我只是聽到狗叫就餵狗糧，聞到異味就清理排泄物，見牠闖禍就打牠罷了。但在找狗的過程中，我漸漸覺得自己就是為了找狗而存在的人。難道這種心理，就和下定決心要跟素拉分手但看到她的眼淚又會說「我愛你」一樣？我也不知道。

難道真的像素拉說的，那隻小狗是為了逃離我？也許是吧。不然怎麼直到現在也找不到拖著罹患關節炎的小短腿跑走的牠呢？光是想到為牠花的錢、清理的狗屎就夠讓人生氣的。但算了，既然牠想逃走，那就有多遠走多遠，別再讓我抓住。我把手伸進口袋，摸到了豬骨頭和一團紙。我把它們依次丟入江中。雨滴拍打的黑色江水吞噬了豬骨頭和紙團，沒有任何東西漂浮在水面上。

釜山國際
電影節

我決定和泰赫一起去釜山國際電影節。

「我訂好了去釜山的高鐵票。」

接到電話，我愣了一下。仔細想來，我好像說過有時間一起去電影節的話。但這不過是我在作品落選後喝醉隨口說的醉話罷了。沒想到泰赫信以為真，還特意在電影節期間請了一個星期的長假。我故作淡定趕快回答說，那我來訂一間可以看到海景的飯店好了。我，朴素拉，無論是喝醉還是清醒，都改不掉信口開河的毛病。

接到泰赫電話的時候，我正在金的家裡，更準確地說，是在浴室裡。我小聲講完電話走回臥房，金正在玩手機遊戲。

「誰啊？」

「之前合作過的攝影組的人找我幫忙。下個月中旬，我可能要去一趟釜山。」金沒再多問，目不轉睛地盯著手機玩遊戲。我心虛地閉上了嘴。

我訂了位於海雲台的天堂飯店。電影節期間，房價比平時貴很多，但去釜山當然要住在天堂飯店。出於這種毫無根據的信念，我又衝動消費了。我安慰自己，那裡一年四季都有露天溫泉，到時可以拍照上傳Instagram。我本來想看在柏林電影節獲獎的電影，但購票剛開始就一搶而空了，結果只買到了我落選的短片競賽單元的電影票。剩下的時間大概會在釜山四處逛逛。

#星巴克 #GalleriaPalace

金傳訊息說，出門辦事時順路來接我。我都說不用了，但他還是堅持要送我去首爾站。剛開始交往的時候，我以為這是金關心人的一種木訥的表達方式，然而三年後的今天，我才清楚意識到他就是一個情緒派，連施捨善意都得看心情。我坐在公寓社區新開的星巴克，一邊等金，一邊上傳Instagram的新照片。

我用廠商提供的環保杯點了綠茶拿鐵和藍莓乳酪蛋糕，然後拍了一張自拍照。我白皙的膚色似乎與透明環保杯中的綠色飲料很搭配。我還拍了一張立在桌邊的RIMOWA行李箱和行李箱上新買的波士頓包，最後加上釜山、旅行、星巴克、釜山電影節和日常等等毫無意義的標籤一起分享了出去。最初我會覺得按讚飆升的愛心就像心率一樣，但現在已經徹底麻木了。金到了，他坐在我對面。金說我最近好像瘦了，我盯著手機畫面，點了點頭。金以為我每天都去家附近的瑜伽館，但他怎麼也不會知道那個時間，我都在療養院照顧癌症末期的媽媽。我沒把媽媽生病的事告訴金和泰赫。我不是有意隱瞞，只是不知不覺就這樣了。剛和金交往的時候，媽媽確診罹患了癌症。突然告訴他這件事，感覺很尷尬，所以我一直在等待恰當的時機，但哪有恰當的時機可言。泰赫只不過是每次從部隊休假出來短暫約會的男人罷了。短暫的休假，忙著喝酒和做愛還不夠用呢，哪有時間聊這種事。

我看到手機畫面上的愛心數字到了一千以後才放下手機。金摸著隆起的肚子說：「最近經常加班，都沒時間運動。」他嘆了口氣，跟著又補充了一句：「要是像妳有這麼多時間就好了。」我很想反駁，我每天接屎接尿，伺候要死不活的人，連吃飯的時間都沒有。但話到嘴邊還是嚥了回去。因為我覺得與其讓他知道我是在單親家庭長大，現在又淪落為照顧罹癌老母親的可憐女人，還不如讓他誤以為我是一個揮霍父母金錢且毫無頭腦的女人。金絲毫看不出我不屑一顧的反應，講起了公司同事的壞話。過去三年間，金從代理升到次長，不但嘴唇和膚色變黑了，還出現了從未有過的勃起功能障礙。我從二字頭步入三字頭，靠在電影劇組打工和當網路商店模特兒維生，但辛苦賺的錢都被我捐給了皮膚科。從現在開始是防禦戰，只要不變得更糟就可以了。

「妳說今天去哪裡？江原道？」

到底要我說幾遍！釜山！去釜山！我很想大喊，但還是忍了下來。我很清楚發洩情緒會造成什麼樣的後果。我們是從何時開始不聽對方講話的呢？我強壓心中的怒火，淡淡地說：

「我上次不是說過，我要去釜山，導演老家在釜山。」

金點了下頭。我剛要再吃一口藍莓乳酪蛋糕，忽然想起早上忘記服用食慾素抑制劑，於是趕快取出藥盒，喝了一口咖啡吞下藥。我站起身，沒有理會桌上的藍莓乳酪蛋糕和裝著綠茶拿鐵的環保杯。贊助商或廠商提供的商品，我都只使用一次而已。

我搭金的車前往首爾站。我坐在副駕駛座，金伸手過來摸了摸我的後腦勺。每當這時，我都會覺得他就像我的家長或伴侶。每次金對我的態度變得親切，我都覺得自己就像穿上一件合身的衣服，但當我察覺到內心的摺痕時，馬上又會很不舒服。也許正是出於這種原因，我才一直沒告訴他媽媽罹癌的事。如果他知道了我的痛苦和難言之隱，搞不好真的會變成我的家人。但對我而言，麻煩的家人只要一個就夠了。金習慣性的握住我的手。曾幾何時，我也相信他溫暖的大手可以牢牢抓住我這顆飄飄不安的心，然而這種確信就像宗教或神話一樣令人感到茫然。我悄悄地收回手，手心好像出汗了，我用裙子擦了一下手。

#釜山站

我搭著長長的手扶梯抵達地面後，看到了等在站前的泰赫。我們有兩個月沒見了吧？聽說他晉升為上等兵了。他的頭髮長了，脖子曬得更黑了。泰赫的防曬霜塗得很厚，一張臉顯得更白了，但我覺得很可愛。我叫了一聲好似狐獴左顧右盼的泰赫，泰赫朝我走來，緊緊抱了我一下，接過我手中的RIMOWA行李箱。我說沒關係，但他還是固執地拖著行李箱朝計程車站走去。泰赫說在部隊除了運動就是運動，他的肩膀似乎也顯得更寬了。我乾澀的嘴巴瞬間滋潤，體溫也稍稍上升。我邁著小碎步跟在泰赫身後，沒走幾步，我不禁覺得自己變成了追著主人跑的短腿博美犬。我心頭一陣酥麻，咬住了下唇。難道不分場合掉眼淚也是遺傳嗎？我一邊心想動不動就哭的女人最糟糕，一邊上了計程車。今天怎麼心情起伏這麼大呢？一會兒興奮，一會兒低落，前一秒還很熱情，下一秒就冷掉了。真是夠折騰的。

這是我時隔三年的休假兼旅行。媽媽罹癌後，我再也沒想過出遠門旅行。兩次大手術和永無止境的化療讓媽媽徹底變成了孩子，她身為一家之主、在社會上奔波勞碌了一輩子的面貌消失得無影無蹤，變成了一個軟弱又依賴他人的人。媽媽希望我一直陪在她身邊。我很想逃走，但又不忍丟下病情隨時都有可能惡化的媽媽。過去三年間，我一下子老了，心態也從或許這是最後一面的忐忑不安，漸漸變成了希望早日結束這一切的期待。沒錯。我迫切需要出門旅行，所以，這樣的情緒波動其實很正常。

#海雲台天堂飯店

我們抵達飯店，辦理完入住手續後，直接前往新館大樓。大廳的大理石地面乾淨得讓人腳下直打滑。剛走進房間，泰赫就抱住我，我也抱住他。我們爭先恐後地脫下對方的衣服。有別於嘴唇、手肘、龜頭，乃至全身上下都很粗糙的金，泰赫的所有部位都像優格冰棒一樣光滑。我自己都很感嘆的是，即使是在這種情況下，我也能在腦海中想像出「#優格冰棒 #滿意的愛愛 #軍人 #休假」等標籤。我用手指撫摸泰赫曬黑的脖子，泰赫一把摟住我，我們的身體疊在一起，乾燥的床單沙沙作響。我們在床上躺了半天才起來。我從行李箱裡取出玫瑰香檳。我很喜歡氣泡多且微甜的香檳，但選這瓶酒只是因為拍照很好看。我打電話到前台要了冰桶和酒杯，然後以海雲台的大海為背景拍了幾張香檳照片。我刪掉泰赫的手和頭髮入鏡的照片，選了一張凸顯出粉紅色香檳酒的照片上傳到Instagram。泰赫的手機畫面立刻跳出「@artist_ssora_park上傳了新照片」的通知。泰赫笑嘻嘻地按了讚。除非他是傻瓜，不然不可能看不出我的照片徹底抹掉了他的存在。

和泰赫在一起的時候，我偶爾會有一種在訓練小狗的感覺。泰赫會讀我推薦的書、看我推薦的電影、吃我推薦的食物，還會為我的Instagram所有的（找不到他任何痕跡的）照片按讚。我讓他站就站、坐就坐，甚至還會順著我的思路去思考。

心情轉好的我連飲了幾杯香檳，但泰赫只喝了幾口。我們的身體變熱後一起洗完了澡，我穿上事先準備好的比基尼，泰赫穿上我帶來的Speedo泳褲。原本和金說好一起去游泳館游泳，還特地去百貨公司買了一件泳褲給他，但他一直發懶，連泳褲的包裝都還沒拆。泰赫一邊摘掉泳褲上的價格標籤，一邊說：「妳總送我禮物，這怎麼好意思呢。」黑色的泳褲穿在身材完美的泰赫身上非常合適。我們披上浴袍並肩走到樓下。面朝海雲台大海的露天溫泉是我選擇這間飯店的原因之一，也許是因為時間還早，所以溫泉池的人很少。泰赫一臉孩子般興奮的表情，脫下浴袍，走進熱呼呼的溫泉池。他招手要我過去，我搖了搖頭。我躺在溫暖的沙灘躺椅上，泰赫沒泡多久又走過來抱住了我。從他下巴滴落的水沿著我的肩膀流淌而下，他把手伸進我的浴袍裡，我的皮膚感受到他的體溫，隨即起了一層雞皮疙瘩。微風拂過，海浪翻滾，泰赫的心跳越來越快。我很想向泰赫傾吐自己的所有感受，但這是一種不祥的預感。我起身拿起手機，拍了幾張以秋天的海雲台為背景的照片和影片。我在無邊際泳池擺出姿勢，泰赫幫我拍了幾張照。全是令人失望的照片。即使我腹部用力，但看上去還是毫無彈性（換句話說，就是太真實了）。我點開修圖軟體，努力抹掉身上的皺紋和凸起的小腹。泰赫突然從我的肩膀後面探出頭，我嚇了一跳，手機掉在地上打了兩個滾。我撿起手機，螢幕出現斑斑裂痕。泰赫一臉不知所措。

「對不起，素拉姊，都是我不好，我出錢幫妳修。」

也不能都怪你啦，都怪我擔心別人發現我們的關係，所以總是做賊心虛。但話到嘴邊還是嚥了回去，我讓泰赫去吧台再幫我點一杯酒。

「又喝酒？妳就那麼喜歡喝酒？」

「你是因為喜歡空氣，所以呼吸嗎？」

「不是。」

「酒也一樣。」

「強詞奪理。」

大塊頭的泰赫用手捂著嘴巴笑了。

「妳是這世界上最好笑的人。」

泰赫細長的眼睛變得更細長了。和泰赫在一起的時候，我可以感受到他的視線一直停留在我身上。我喜歡他那雙瞳孔又黑又大、睫毛長長、看似很有故事的眼睛。沒過多久，服務生送來一瓶紅酒。為了避免摔壞的螢幕劃傷手指，我小心翼翼地上傳了剛剛修好圖的照片。泰赫坐在我身邊，用擔心的語氣問道：

「素拉姊，真的不用我幫妳修手機嗎？」

「嗯。只要你閉嘴就不用了。」

「對不起。」

「開玩笑啦。」

兩瓶紅酒見底後，泰赫的臉頰也紅了。我的臉也那麼紅嗎？我摸著泰赫又燙又紅的臉頰，注視著他的雙眼。透過他深邃的雙眼，我看到了自己。初見泰赫的瞬間，我就喜歡上他那張無論我做什麼都會一直追隨我、彷彿淋了雨的流浪狗似的臉孔。旁人會不會認為還是軍人的泰赫和我是阿姨和外甥的關係？想到這裡，我趕快吻了一下泰赫的嘴唇。

「別人在看我們。」

「就是要讓他們看。」

「為什麼這樣，一點都不像妳。」

「這才是我。」

「妳喝醉了。」

「你醉得更厲害。」

我們越喝越開心。喝醉以後就會覺得任何事都不重要了。正是因為喜歡這種感覺，所以我才無法戒酒。泰赫幾杯下肚後，臉頰漲得更紅。就在我覺得他這樣很可愛的時候，視線模糊了。我想抱住他，撫摸他的小嘴唇，但身體傾向一邊，失去平衡。就在我心想真的應該戒酒了的瞬間，身體徹底倒在了地上。

初識泰赫是在一年前哲學系的尾牙聚會上。

大學畢業以後從來沒有參加過聚會，但那天毫無緣由地去了。說實話，也不是毫無緣由。我之所以去，是因為發現金在外面偷吃。金對我的態度發生了明顯的變化，不是莫名其妙地突然送我禮物，就是對我特別親切，接著失聯。出於這些露骨的異常徵兆，我趁他睡覺時偷偷地用他的拇指指紋解鎖了手機（之前也經常使用這種方法）。結果無論是簡訊或聊天軟體都沒有發現什麼蛛絲馬跡，就在我以為是自己多想了的時候，發現了隱藏在工作檔案夾中的Instagram。我點進去查看了所有私訊，真是教人嘆為觀止。他上傳了不知何時拍的腹肌照片，到處和女生搭訕，甚至還和其中幾個交換了住址。可以肯定的是，他把人家約到家裡幹那種事。

他可真是了不起。

連勃起都不行——就算勃起也不過印章大小、而且連十分鐘都撐不住的傢伙，還敢偷吃？我是看在他聽話的分上才和他交往，結果他竟然搞外遇？

我氣得渾身發抖，但毫無追問和爭執的意志。不用想也知道，他肯定會再次重複我們交往期間的那些問題：妳為什麼偷看我的手機？妳不是也對外隱瞞我們交往的事嗎？妳那些了不起的網友知道妳有男朋友嗎？我們是什麼關係？我們一定會吵得你死我活，說不定其中一個人還真的會吵到死掉。我站在選擇的十字路口，要嘛裝傻充愣，要嘛痛快和他分手。在選擇的領域，我總是猶豫不決，猶豫到最後一蹶不振。我決定關上盒子，任由它化膿、腐爛、毀滅。我把所有煩惱的事丟給未來的自己。

就在那時候，大學同學建了一個群體聊天室，公布了哲學系聚會的日期。有一半的同學尚未找到工作，默不作聲，另一半則嚷嚷著約出來見一面。這種聚會，不用猜也知道，不是講公司或同事的壞話，就是自嘲式的誇誇其談（之所以這樣想，是因為我也屬於前途未卜、一事無成的半數人）。我根本就沒打算參加這種被人吸乾精氣的聚會，但因為金，我衝動之下還是去了。

這種聚會怎麼可能好玩呢？實在太無聊了，我打完招呼準備提前告辭，結果被前輩攔下，坐在一群一身菸味的學長之間，一邊聽他們誇耀資歷和財力，一邊悶悶不樂地喝著酒。不知不覺間，我竟喝得比任何人都起興，最後在我的主導下，一直喝到了第二、第三攤。等到我清醒時，身邊只剩下隔天沒課的在校生和（像我一樣的）無業遊民了。（聽聞）喝得爛醉如泥的我對新生們高喊，如果再叫幾個高大帥氣的同學來，我就請大家喝酒。縱然有著世代差距，但免費的酒水總是能立刻吸引來飢渴的小鮮肉。新生找來幾個朋友，我們喝得不亦樂乎。泰赫就是其中一個學弟的朋友——即將入伍的小朋友。他很倒霉，坐在我旁邊，所以只好忍受初次見面的三十幾歲女人發酒瘋。

「孩子啊，姊姊我真是活得難過死了！」

我只隱約記得幾件事：我讓泰赫看了我手腕上的傷疤；拉著他的手臂說還要請他喝酒；叫他去幫我買菸，還指責他怎麼沒買薄荷味。乖乖的泰赫就像流浪狗一樣跟著我，不僅忍受我發酒瘋、幫嘔吐的我拍背，還跟著我去了旅館，甚至還替醉得取不出信用卡的我付了旅館的錢。他只是一個二十出頭的在校生而已。我在陌生的旅館醒來，想到自己闖的禍，懊惱地對泰赫說：

「把你的帳戶給我，我轉帳給你。」

「沒關係，也沒多少錢。」

「你很有錢嗎？」

「沒有，但……」

「我有很多錢。」

「哈哈。真的沒關係啦。姊姊睡覺的時候非常安靜，我還以為妳死了呢。」

「要是永遠不醒就好了。」

「為什麼說那麼可怕的話。」

「我們發生關係了嗎？」

「怎麼可能。我只幫姊姊脫掉了皮鞋和襪子。我可不是那種人。」

「但我是那種人。」

「沒想到姊姊不但人長得漂亮，還這麼幽默。」

「你嘴巴可真甜。」

「我說的是實話，姊姊不愛聽嗎？」

「算了，隨便你。」

為什麼總叫我姊姊，不用一直提醒我年紀大吧？反正也不會再見面，隨便他吧。我抓起床頭櫃上疊好的開衫披在身上。「這麼快就走？不想和我聊一會兒天嗎？」泰赫垂著眼角，一臉失望。我覺得他很可愛，彷彿摸摸他的下巴，他就會搖尾巴一樣。我下意識地伸手摸摸他的頭，頭髮濕漉漉的。也許是酒還沒醒，我突然覺得不能就這麼離開，於是開口說道：

「你穿著褲子不難受嗎？」

還沒等泰赫回答，我就伸手去脫他的褲子。

「啊，姊、姊，我，那個……我不是那個意思。」

「我是那個意思。」

我這輩子從沒做過這麼有目的性的事，泰赫算是個例外。反正他下個月就要入伍了，無論對他還是對我，這都不是一件壞事。我那時以為過了令人滿足的一晚之後，他就會徹底從我的人生消失。

幾天後，我接到一個陌生的號碼打來的電話。是泰赫。他提到分配的部隊，還說放假出來時想約我見面。我敷衍了幾句，掛掉電話，再也不接陌生號碼打來的電話。但不知泰赫從哪裡打探到我的Instagram和Facebook，頻繁地傳私訊過來。泰赫說部隊的環境大大改善，休息時可以自由使用網路和手機了。

「姊姊，這種感覺，我還是第一次。我也不想這樣，但總是想起妳。想到妳，我就覺得無法忍受。」

結果泰赫第一次休假就跑來哀求我和他交往，但我如實對他吐露，說我已經有了男朋友。我這樣做，並不是因為目睹媽媽因風流的爸爸吃了一輩子苦，而是單純地覺得很麻煩。說謊也是勞動，我的勞動量已經全部消耗在把照片修得比現實更美後上傳Instagram，和輸入各種圖文不符的幼稚文字上。我以為可以徹底斬斷與泰赫的關係，但他的毅力遠遠超乎我的想像。泰赫一直打電話來，聲稱就算我有男朋友也無所謂，哪怕不喜歡他也沒關係，只要能見我一面就好。「你這個白痴，連自尊心也沒有嗎？不要再打電話了！」我對著電話大吼，然後掛掉了電話。起初我還覺得很痛快，但沒過多久，想到可能再也見不到泰赫，再也看不到他長長的睫毛、高高的鼻梁、挺挺的脖子和大得剛剛好的部位，突然開始思念起他近乎標準答案的完美身體。泰赫彷彿就在我面前，所有的一切變得越來越具體化。加上每次喝醉的時候，我都會想起泰赫好似流浪狗般的眼神，不知不覺，心裡開始惦記起他了。我和金吵得你死我活但最後還是分不開的原因，會不會是因為我為了沉浸在甜蜜、興奮的狀態下，一直在幻想他愛我？再不然就是因為性慾？

不久後，泰赫休假出來傳訊息給我的時候，我假裝無可奈何地回了他。我決定把難以抵抗酒色的原因歸咎在父系基因上。

有什麼東西碰到我的臉，我睜眼一看，泰赫正在撫摸我的臉頰。我穿著浴袍，躺在床上，看來是昨天喝醉，泰赫把我抱回房間了。我最近胖了，好擔心他會嫌我太重。泰赫穿著大衣，可能一早去了哪裡。我仔細一看，他手裡拿著什麼東西。

「妳之前不是說想看這部電影。」

泰赫手上拿著比利時導演進軍柏林電影節那部作品的電影票。因為是人氣電影，我搶票失敗後乾脆就放棄了。我們通話的時候，我只是順帶一提，但沒想到他不但記在心裡，還一大早跑去電影院買到了現場售票。

我緊緊抱住泰赫。像感覺他會把我帶到另一個地方似的緊緊抱著他，眼前彷彿也展開了與他在一起的未來。曾幾何時，我也是這樣抱著金，也擁有過這種感覺。那時，無論我在哪裡，金都會來找我，也會看我推薦的書或電影，吃我推薦的食物，無條件地支持我。那時候的我們就像共同擁有一副軀體的人，深信對彼此瞭如指掌，甚至還一起購買了一隻小狗。

我幫小狗取了一個名字，叫芭黎絲·希爾頓，但金只叫他狗。

小狗住在金的家裡，所以他想叫什麼都無所謂。那時候，金、我和芭黎絲就是整個世界。因為無知，所以才會心生這種透明、純真的信念。但信念幻滅總是一瞬間的事。醒醒吧，朴素拉。不知為何，我的眼眶紅了。我趕快打開手機。上午十點。一夜之間，好多訊息。

—素拉啊，我到金海工廠了。妳該不會第一天就熬夜拍戲吧？晚安。

—女兒，妳在哪裡？怎麼不接電話呢？我做了一個惡夢，所以才打電話給妳。妳都好嗎？工作還順利？

媽媽傳來訊息的時間是凌晨兩點。不用想也知道，她肯定是在九點多看狗血劇看到一半睡著，然後凌晨醒來開始胡言亂語。嗯，這才是我媽。

一年前的這個時候，媽媽說夢到了外婆，於是鬧著要我幫她籌備葬禮。「素拉啊，媽對不起妳，當初我應該為了妳忍下來，不應該跟妳爸離婚。媽太對不……」我見她又要上演哭戲，趕快插嘴說道：

「我有男朋友，我們打算結婚。」

媽媽憔悴的臉龐立刻綻放出笑容。當時，我和金之間也不是沒有矛盾，但覺得每天陪媽媽一起散步的路上，多了金和芭黎絲也毫無違和感。沒有人知道這樣發展下去的結果，而且人生也不可能按部就班。媽媽做的夢的確很靈驗，那天之後，她的病情急劇惡化，數度往返於手術室和加護病房，所以我也沒有時間和金約會。

在此期間，芭黎絲不見了。我找了芭黎絲好幾天，其他的時間都在思念牠。我絕望了。過了一段時間，我也漸漸不再去想像金和媽媽一起散步的畫面了。

「妳哭了？很感動嗎？」

泰赫露出特有的難過表情問道。他的大眼睛映照著我的臉，那張臉又老又醜。和泰赫在一起的時候總是想起別人，這樣的習慣很糟糕。我應該享受美好的當下。我問泰赫：

「你到底為什麼喜歡我？」

「又來了，妳怎麼總問這樣的問題呢。哪有什麼理由，喜歡就是喜歡。」

我更用力地抱緊泰赫。

CGV Centum City

雖然是平日下午，但電影院裡人滿為患。我突然想起之前在Instagram看到的狀況，電影節期間，釜山的所有電影院都座無虛席。也許是因為我一口拒絕了泰赫買爆米花的提議，他看起來顯得有些沮喪。不僅如此，我還向他抱怨在電影院裡吧唧吧唧吃東西的人很糟糕。看到泰赫露出宛如被雨淋濕的流浪狗的可憐表情，我感到十分內疚，於是緊緊握住他的手，直到握出了汗。可能是因為我們的位置緊靠著牆，一直都在用左耳聽台詞，所以感覺《完美愛情的未來》就是一部令人失望至極的爛片。因伴侶出軌而受挫的女主角，透過另一個男人治癒創傷，這種劇情過於陳腐，而且台詞總是教人出戲，甚至毫無細節可言，人物就像紙娃娃一樣。很多人以為只要片名取得夠吸引人就萬事大吉，真不愧是從巴黎第七大學[11]畢業的導演。但轉念一想，我也是哲學系畢業的，去年報名的作品名也有愛情兩個字。想到這裡，我莫名肅然起敬了。看到夕陽下一對情人在海灘散步的畫面，眼淚突然奪眶而出。準確地說，應該是偽裝成眼淚的鼻涕（不知從何時開始，我流的鼻涕比眼淚還多。這也算是老化的徵兆吧？），這種電影有什麼好哭的？肯定是分泌荷爾蒙的器官出了問題。我趕快從包包裡取出紙巾擦鼻涕，略感害羞地轉頭看向泰赫，他竟然垂著頭睡著了。我突然意識到，我還是第一次跟泰赫在電影院看電影。提到看電影，我們都是在距離飯店退房還有一段時間的時候，待在房間裡看的。

電影結束後，走出影廳的泰赫神彩奕奕，看來是睡飽了。我莫名地也覺得自己精神飽滿、容光煥發，於是取出鏡子照了照。但不知為何，我總是在自己的臉上看到臥病不起的媽媽，心情突然又忐忑不安了起來。我們往電梯走的時候，突然有人叫住我。

「素拉，妳怎麼在這裡？」

「櫻桃姊！」

「為什麼還叫我櫻桃，叫我文京啦。」

我和櫻桃，不，文京姊，是在療癒寫作課上相識的。那時，我們才二十幾歲。為了保障個人隱私，療癒寫作的課堂上，大家都以綽號相稱。我沒有什麼特別可用的名字，所以使用了本名，文京姊則是直接用了她在動物保護協會的綽號，櫻桃。由於課程特性，我

11 編註：又稱狄德羅大學（Université Paris Diderot - Paris VII），位於法國巴黎市中心，是法國及歐洲頂級的研究型大學之一。

們聊了很多私人的話題。即便我們相差五歲，但由於我們都經歷過父母（她的媽媽，我的爸爸）出軌導致家庭破裂、都喜歡動物，並對藝術創作都很感興趣，所以很快成了朋友。療癒寫作課結束後，我們還一起報名參加了電影劇本入門課和星座課，我也加入了她所屬的動物保護協會和生活合作社[12]。不僅如此，直到文京姊的網路商店因銷售不振關門大吉以前，我一直都是她的網路商店模特兒。我們可說是幾乎成了命運共同體，而且我也只把媽媽罹癌的消息告訴了文京姊。與文京姊從整天黏在一起到變得疏遠，也是一瞬間的事。我剛和金交往時，經常找文京姊做感情諮詢，她給的結論只有一個：早點分手吧。這個男人讓她有種不祥的預感。文京姊與我不同，她的星座課已經上到了高級班，所以她很會識人。但當時我只覺得她連我的感情都想控制。芭黎絲不見的時候，她也對我說了同樣的話：「我就知道會這樣，早就跟妳說了，金給我一種不祥的感覺。」我無法忍受她這種如同巫婆般自認可以看穿一切的態度，所以就很少再聯繫她。沒過多久，我便發現文京姊在Instagram和其他社群網路平台上都封鎖了我。又是這樣。沒關係，之前至少有五千人先是掏心掏肺地和我交好，結果轉眼間就把我當成陌生人。今年春天，我才得知文京姊的消息。她把喜帖傳到我們之前一起聽的電影劇本課的網站上，原來她和一起聽課的鐘哲結婚，搬到了鐘哲的老家釜山。起初我還不理解她為何如此操之過急，果不其然，婚後還不到六個月，她的肚子就鼓起來了。

「寶寶下下個月出生。」

文京姊注意到我的視線，還沒等我開口就主動說道。我們就像上週還在聯繫的朋友一樣，簡單地分享彼此的近況（最近在幹什麼？無所事事）。之後就安靜無聲了。電梯每一層都要停，下降得十分緩慢。我尷尬地站在泰赫身旁，莫名覺得很難為情，於是說了句：

「這是我表弟，住在海雲台。」

文京姊點了點頭。她根本沒看泰赫一眼，又開始嘀咕起自己的事。

「今天醫院休息，鐘哲才有時間和我一起出來看電影。妳也知道，我很喜歡這個導演，但這次的新片有點教人失望（我從哪兒知道）。這麼看來，這部電影和妳拍的電影有點相似耶。」

「我不覺得。哪裡相似啊？」

「嗯，怎麼說好呢，就是很細膩地表達出了一種無法言喻的感情。喔，對了，妳還在拍電影嗎？」

我突然想起了之前文京姊看完我寫的劇本說過的話。

12 譯註：原文생활협동조합，指生活協同組合（consumer cooperative），是消費者為了能購得價格合理、品質好的紡織品、服裝、食品、雜貨等日用商品而組成的合作社。

「經歷了父母的事之後，妳竟然對不道德的人沒有任何想法？怎麼能把感情都放在出軌的人身上呢？」

我又感受到了那時的沮喪，於是隨口敷衍了幾句。正要搭電梯時，鐘哲用他特有的狡猾語氣補充了一句：「素拉，在這裡遇到也是緣分，好久沒見了，我們一起吃頓飯吧。」我的另一個老毛病就是，即使難以忍受當下的狀況，也無法拒絕別人。

我們去了百貨公司附近的蛤蜊麵店。我和泰赫盯著大碗，垂著頭，一邊感嘆濃湯爽口，一邊擦著汗。文京姊夫妻倆主導對話，他們的人生就像童話中的夫妻一樣陳腐且美好。鐘哲賣掉新都市的公寓，幫文京姊還清了經營網路商店欠下的錢。他們現在住在百貨公司附近新建的公寓，假惺惺地抱怨死前才能還清房貸。「我們住在新開發的社區，附近沒什麼育兒設施，真是教人擔心……」真不知道這種無聊的事要講到什麼時候。文京姊喜歡讚揚西歐的傑出藝術和個人主義的文化，一開口就是巴塞爾、阿姆斯特丹和巴黎等歐洲城市，彷彿那些城市都是她的老家一樣。文京姊靠著房地產投資，不到短短一年就克服了經濟危機，為投身子女教育成了比任何人都具備韓國特色的準媽媽。她毫不在意我和泰赫漸漸僵住的表情，滔滔不絕地講起了身為O型處女座的自己與A型天秤座的鐘哲八字有多合。我恨不得馬上化為灰燼消失，泰赫則和以往一樣，如同靜物般地坐在那裡，機械式的點著頭。

「素拉，妳現在也那麼能喝酒嗎？」

「嗯，我可是一個有始有終的人。」

「看來妳還是年輕啊。為什麼總喝那麼多酒呢？」

「也許是因為一喝酒就覺得時間過得很快吧？畢竟我是無業遊民，可以揮霍的只有時間。」

「真羨慕妳。我要是也能活得像妳一樣就好了。有錢、有時間，還年輕，想做什麼就做什麼。結婚以後，我忙得不可開交，一點自己的時間都沒有。剛結婚就懷孕了，連看場電影的時間都擠不出來。還是妳有福氣，單身才能這樣生活。」

沒錯，文京姊就是這種人。最累的人永遠是她，別人吃多少苦都無所謂。難道她忘了自己一年前也是單身（而且超多不滿）？再說，她又不是不知道，過去三年間我一直都在照顧臥床不起的媽媽。她怎麼能說出這種話呢？我又敷衍了幾句，好不容易，不到一個小時，飯局終於結束了。我拿起帳單，文京姊一把搶走說：

「這頓我們請客。」

不顧我的婉拒，文京姊堅持要付錢。我莫名的有種輸了的感覺。他們走向收銀台，我突然尿急，衝到店門口的廁所，趕快鎖上了門。尿如瀑布般傾瀉而下。食慾素抑制劑根本毫無效果，我還是吃下了一大碗麵。沒辦法，只好用免費吃了頓飯來安慰自己。我在廁所洗手時，門外傳來了女人尖銳的講話聲：

「她本性難改，沒有男人就不能活。」

男人小聲回了句：「也是。」

該死的廁所，隔音這麼差。我知道那個沒有男人就不能活的女人是誰。我是不是應該奪門而出質問他們，又或者潸然淚下地把委屈都嚥進肚子裡？我思前想後，最後在心裡數了三十秒，推開了廁所的門。門口空無一人。

「素拉，妳這是受害者情結，別人一點也不關心妳。」

這是金經常對我說的話。「不是別人，是你一點也不關心我。」每次我們都這樣開始爭吵，然後以鬧出大事收場。

走出餐廳，我看到文京姊夫妻和泰赫的背影。我走到愣愣站著的泰赫身邊，悄悄地挽住他的手臂。我好想靠在他寬厚的肩膀上。嗯，管他們怎麼想，這麼冷的天，沒有任何事情比男人更能讓我覺得溫暖了。誰叫我是沒有男人就不能活的朴素拉！這句台詞不錯欸！下一部電影能用上。我的嘴角不由自主地向上揚起。

醒來時，泰赫正愣愣地盯著我的臉。

「我打呼了？」

「沒有。」

「那你為什麼盯著我看？」

「因為妳很漂亮。」

「少來。」

我們閒聊了幾句，各自洗完澡才出門。昨晚我服用了新的安眠藥，終於睡了一個好覺。新換的藥似乎起了作用。

我們搭計程車去逛了南浦洞市場，在BIFF廣場[13]買了兩份堅果餡兒的糖餅，糖餅裡放了很多堅果，口感非常香甜。

可能是因為我早上又忘了服用食慾素抑制劑，一眨眼就吃光了整張糖餅。我覺得很有罪惡感，但也安慰自己，糖餅裡都是堅果，堅果吃不胖的。我吃糖餅的時候，泰赫幫我拍了一張照片，但拍出了雙下巴，我命令他重拍，然後把影片中泰赫的聲音清除掉才上傳Instagram。**#南浦洞 #堅果糖餅**

13 編註：南浦洞市場是釜山中區的熱門休閒地點，南浦洞電影院街也位於此處。一九九六年舉辦釜山國際電影節，電影院街也重新整修並更名為BIFF廣場。如今釜山國際電影節的活動皆改至海雲台區舉行，BIFF廣場仍舊是劇場及戲院聚集的區域，還有許多知名電影人的手印也留在街道上。美食餐廳及小吃雲集，也成為釜山具代表性的美食街。

我們還去了釜山塔。釜山塔與南山塔相似，但規模小很多。我原本很期待可以看到美麗的海景，但空氣汙染嚴重，眼睛和喉嚨很不舒服，所以沒待多久就離開了。

快到中午時，我們才返回到位於海雲台的電影院。想到昨天泰赫因為沒吃到爆米花而沮喪，我點了一份爆米花及飲料的套餐，然後把爆米花和飲料放在椅子上拍了一張照片。

#Megabox海雲台 #短片競賽單元

泰赫津津有味地吃著爆米花，電影還沒開始，一桶爆米花就見底了。我很後悔昨天沒買爆米花給他。父母養育胃口好的孩子們，應該就是這種心情吧？隨著電影開場時間逼近，我們穿過人群，走進影廳。

入選短片競賽單元的電影並無特別之處。內容像照本宣科的教材，場景調度也十分傳統，很多作品無聊到教人直打哈欠，甚至毫無完成度可言。果不其然，泰赫又垂頭睡著了。這種電影都能得獎？但我拍的電影，不要說得獎，連參加電影節的資格都沒有。我忽然想起去年金看完我的首部短片後的反應。

金看著筆電畫面，先是一臉費解，隨後表情越來越僵硬。我沒有看他，而是盯著空咖啡杯。看完電影，金只說了一句話：「辛苦了。」那天晚上，我喝醉後去了金的家。我一邊大喊：「你這個連發情的狗都不如的東西。」一邊把筆電丟向正在玩遊戲的金，筆電砸在椅子上摔破了。金也不甘示弱，一邊衝著我狂吼，一邊隨手抓起當作菸灰缸的寶特瓶和飯碗之類的東西丟過來。杯子的碎片扎進金的腳背，地上都是血跡和菸灰。家裡亂成一團，充斥著我們的謾罵聲。鄰居報警，警察上門，我們一臉憔悴地站在門口解釋說沒事。我們沒有說謊，因為這是遲早會發生的、隨時都有可能發生的，而且經常發生的事。

一起出來玩還總想著別的男人，我感到很心虛，於是又握住泰赫的手。泰赫的手就像冰塊一樣涼。難道是感冒了？還是胃不舒服？就在我猜測的時候，泰赫猛地甩開我的手，慌忙離開了影廳。看來他是急著去廁所。也難怪，誰教他吃了那麼多爆米花還喝了那麼多可樂。我再次集中精力看電影，但直到電影結束後，戴著黑框眼鏡、瘦得像小魚乾似的男人開始主持映後座談，泰赫也沒有回來。不用想也知道映後座談會有多無聊，所以我也起身走了。

我取出手機一看，有幾則訊息。

—素拉啊，拍攝還順利嗎？首爾下雨了，釜山天氣怎麼樣？下雨天，很想妳……

—對不起，素拉姊。我不太舒服，沒有等到電影結束。我先回飯店了。

發生什麼事了？我打電話給泰赫，但手機關機，直接轉到了語音信箱。我還是第一次遇到泰赫關機。他每次休假出來，手機從不離手，動不動就打給我。難道他生氣了？還是因為我Instagram的那些照片抹去了他的痕跡，所以他心裡很不舒服？不可能吧，我一直都是這樣。他的身體真的不舒服？可是——我花錢帶他出來玩，為什麼要看他的臉色？我為什麼要因為一個才二十二歲的軍人浪費如此寶貴的時間呢？我越想越生氣，氣得臉都紅了。我需要喝一杯涼爽的飲料。使命感告訴我，不可以浪費寶貴休假的一分一秒。

我來到百貨公司的美食區，隨處可見人氣餐廳。我走進一間看上去非常乾淨的日式餐廳，點了蔬菜炸物和三得利角瓶威士忌氣泡酒。我利用Instagram感性效果濾鏡拍了一張照片上傳後，咬了一口炸物。瞬間，我想起忘記服用食慾素抑制劑。我從皮包裡取出藥，喝了一口冰涼的酒嚥下去。我的心情漸漸好了起來，獨自飲酒，酒才更好喝。如此看來，我是真的很愛喝酒。唯有消滅那些說什麼不是喜歡喝酒而是喜歡享受聚餐氛圍胡言亂語的種族，這個世界才會變得更美好。我加點了一杯氣泡酒，咬了一口炸紫蘇葉。

我喝了幾杯？手機響了，是泰赫。他說關掉手機睡著了。「妳打電話了？我身體不舒服就先回來了，不用擔心我，妳在外面開心地玩完再回來吧。」泰赫的聲音有氣無力。原來這孩子的體力這麼差。也對，我並不了解泰赫。比起過去一年抱在一起交談的內容，這次旅行期間聊的內容似乎還更多。和我這樣的女人相處三天兩夜後，他就會清醒過來吧？這種可能性很大。他也算堅持得夠久了。趁這次機會，把我們的關係整理清楚，對我和泰赫都是一件好事。但為什麼我的心情如此低落呢？酒還沒喝完，我就站了起來。這種情況很罕見。我拎著包剛邁出一步，結果身體失去平衡，又癱坐在椅子上。店員趕快跑過來攙扶我，我說沒事，小心翼翼地邁步離開了餐廳。

我走到百貨公司外面，叫了一輛計程車。看來我喝了很久，太陽都下山了。

「司機，天堂飯店。」

「七點這時間很塞車的，這麼近，走幾步就到了。」

司機用很重的釜山口音喃喃說道。我無法分辨他是自言自語，還是在和我抱怨，又或者是暗示我下車。我又不是不付錢，他怎麼那麼多廢話。我越想越氣，心情又變糟了。我沒說什麼，拿起手機確認了一下Instagram上的留言：妳怎麼這麼漂亮；妳真愛喝酒，我們可以聊聊嗎？；看到妳的照片，我也想去釜山了；二〇一八年按摩業界最棒的上門服務；ⓢ◈各種獎金分配率最高的體育比賽……千篇一律的好評讓心情稍稍好轉了。下班時間，塞車非常嚴重。我無意間對著車窗吹了口氣，瞬間酒氣撲鼻而來。看來我是喝得不少啊。我在車窗上呵了口氣還畫了一隻小狗，眼眶不由自主地紅了。我一坐上計程車就會莫名感傷。芭黎絲不見了以後，很長一段時間，我都會這樣。即使在外面玩得很開心，但只要坐上回家的計程車，眼淚就會奪眶而出。朋友們將我的這種惡習命名為「上車就哭病」。轉眼間，車窗上的小狗不見了。

無論我怎麼扯破嗓子喊牠的名字，芭黎絲頭也不回地跑走了。牠的小短腿，左右搖擺的屁股，拚死逃走的背影。我一個人的時候，經常想起最後看到的芭黎絲的樣子。

初遇芭黎絲，是在我和金兩週年紀念日那時。

當時，媽媽因為接受化療，體重降到了四十三公斤，由於循環系統出了問題，只能不停地往返於透析室和普通病房。我每天都得大清早起床，餵她吃飯、幫她盥洗、帶她出去散步，還要忍受她的火爆脾氣。晚上我才能逃出醫院，學點根本賺不到錢的手藝，暢飲昂貴的酒水，揮霍她一生的積蓄。剛剛升職的金忙得不可開交，一個星期也很難見一面。好不容易見了面也是吵得你死我活，而且我們很久沒有同床共枕了。就這樣，我們迎來了兩週年的紀念日。金的公司可以享受飯店的企業優惠，那天他加班，很晚才下班，所以我們快到子夜時才在希爾頓的客房碰面。我們一起享用了蛋糕和紅酒，但做愛又以失敗告終。我習慣性的偷看了鼾聲如雷的金的手機，Instagram上的金依然在炫耀他旺盛的性慾。我用他的帳號搜尋了一下我的ID，沒想到他封鎖我了。我按下解除封鎖，畫面中立刻出現了我閃閃發光的容顏。Instagram上的我，皮膚晶瑩透亮，彷彿總是穿著新衣服去學插花和皮拉提斯。我看上去非常幸福，完全看不出任何不幸的痕跡。我再次封鎖畫面中笑嘻嘻的女人，整夜沒有闔眼。

第二天，我們開車經過忠武路的時候，我一時興起叫他停車，說想去寵物店。雖然買狗是違背我信念的行為，但無所謂了。櫥窗裡，一隻棉花球般的博美犬一動不動地趴著。我伸手去摸牠，結果被牠咬了一口。我莫名感受到牠絕不會陪在主人身邊的決然意志，於是幫牠取了一個名字叫芭黎絲．希爾頓。由於媽媽支氣管不好，所以只好把狗寄養在金的家裡。這一切都是在瞬間發生的。衝動之下做出人生中最重要的決定，把不經思考犯下錯的責任推卸給他人，為所有瑣事賦予意義。金越討厭什麼，我就越想做什麼。即使我這樣，你也能容忍我嗎？

我不應該以這樣的心態對待另一個生命。

芭黎絲現在在哪裡呢？是否用牠那得了關節炎的小短腿跑去遙遠的地方，也不打算回來了？

我深深地嘆了一口氣。

司機透過後照鏡瞥了我一眼，問我為什麼唉聲嘆氣。這傢伙怎麼那麼多廢話？我的心情越來越差。司機透過後照鏡從頭到腳又掃了我一眼問道：「妳是首爾人吧？」我拉了一下裙子，沒說什麼。司機用很重的釜山口音自言自語道：

「這個時間喝成這樣去飯店還能做什麼。」

「嗯？你說什麼？」

「現在能聽見了？」

我握緊拳頭，指甲摩擦皮包的聲音傳來。這個時間喝醉去飯店怎麼了？他憑什麼妄下結論？我是喝醉了，但可不是他想的那種女人。如果是清醒的時候，我可能不敢講話，但我現在喝醉了。我要是不說點什麼就不是朴素拉。我媽可沒把我養成他想的那種女人。

「大叔，你再說一遍？我去飯店怎麼了？」

「嘰嘰喳喳吵死了。」

「你怎麼這麼沒禮貌？」

「這個瘋……」

「什麼？瘋什麼？瘋女人？停車！你這個王八蛋給我停車！」

秋夜裡的派出所十分冷清。醉意漸漸退去，我靠坐在椅子上，覺得很心煩。我可是花了很多錢才喝下那麼多酒。警察先叫了我的名字。結果我竟然以嫌犯的身分接受調查，理由是坐車不付錢和施暴，證據是留在司機太陽穴上指甲般大的高跟鞋鞋印。警察顯然沒把我受到的侮辱事實當回事。不管怎樣，在警察懇切的勸導下，我們達成協議，我必須支付司機治療費和三倍車資。派出所只有兩名警察，年紀較大的警察安慰我說，人家願意和解已經是萬幸了。什麼是萬幸？不調查清楚緣由，拚命勸我們和解，這種敷衍了事的態度難道是警察應有的嗎？去年第一次被帶到派出所的時候也是這樣。我們到處尋找芭黎絲，但金總說白痴的話惹我生氣。喝醉的我藉著酒勁抓起豬腳的大骨頭打了金。不幸的是，金的額頭破了皮，嚇壞的陌生人還報了警。我不是有意弄傷金，一切都是酒精的錯。我心知肚明，但還是戒不掉酒，所以說我自己也有問題。之前星座課的老師幫我算命，說我出生的那天剛好與冥王星相衝，這輩子貪戀死亡與美色，遊蕩在觸犯法律的疆界。當時我還覺得這不是該對二十幾歲的女生講的話，但活到現在，感覺老師的話越來越準了。從那次之後，我每次闖禍就會把責任歸咎給命運。這麼看來，星座課的學費也沒白付。但話說回來，現在也才初秋，怎麼像開了暖氣一樣熱呢。人民的稅金揮霍不完是不是？就在我思考這些問題的時候，背後一陣冷風吹來。我抬頭一看，泰赫推開派出所的門走了進來。警察問泰赫：

「你是朴素拉的監護人嗎？」

「啊，這個嘛，我……我不算是監護人……」

泰赫和平時一樣支支吾吾，警察用略帶不耐煩的語氣反問道：

「那你們是什麼關係？」

我盡量讓自己看起來很清醒，字正腔圓地說：

「他是我的表弟。」

警察把泰赫的手機號碼抄寫在本子上。泰赫摟住我的腰，扶我起身，我乖乖地靠在他身上，走出派出所。無論是誰看到我們，都不會覺得我們是表姊弟的關係。認為我們是阿姨和外甥的關係會不會好一些呢？如果金看到我這樣，肯定又會說我受害者情結嚴重。素拉啊，沒有人在意妳和誰在一起。說曹操，曹操到。手機傳出震動音，是金的訊息。

—我要和工廠開會，所以到蔚珍[14]來了。我剛吃完晚飯，正在喝咖啡。妳很忙吧？

—嗯，拍攝排程太緊了。抱歉，都沒聯繫你。

—沒關係，工作要緊。加油喔，素拉，我很想妳。

—你也加油，我也很想你。

光看這些訊息，肯定會以為我們是一對非常恩愛且平凡的情侶，不可能知道我們互扔東西、大吼大叫、打得頭破血流、彼此都和其他人上床，還弄丟了一起養的小狗。我們共享這麼多醜事，卻對彼此徹底隱藏自己的內心。但換個角度想，我們對彼此隱瞞真相，貪圖其他的慾望，這種關係才是極普遍且正常的情侶關係吧。

我走進客房，脫掉高跟鞋，一頭栽在床上。泰赫脫掉外衣，躺在我身邊。

「素拉姊，我有一個疑問。」

「嗯，什麼疑問？」

「我是妳的表弟喔？」

「啊，那個……對不起。你也知道我的情況。」

「昨天那兩個人是誰？妳和他們很熟嗎？」

「曾經很好，但現在疏遠了。」

「可以問原因嗎？」

「這個嘛，嗯……自然而然就疏遠了。總之，都怪我不好，泰赫啊，是我對不起你。」

「因為妳一直說我是妳表弟？」

「嗯，是的，還有我在Instagram上，隱瞞和你在一起的事。」

「什麼意思？」

「無論是照片還是影片，我都抹去了你的臉和聲音。換作是我的話，心裡一定會很不是滋味。」

「沒關係啦。人家追蹤妳是想看妳，又不是為了看我。」

「真的沒有關係嗎？我甚至把你當成透明人。」

「真的沒關係。Instagram上的那些人看到的只是妳的空殼，但我現在不是和真正的妳在一起嗎？對我而言，這樣就夠了。」

這傢伙到底是從哪裡學習談戀愛的，竟然面不改色講出這種話。真是不好意思，躺在你身邊的才是空殼，Instagram上的才是真正的我。我每天有說有笑地揮霍家裡的錢去花天酒地、保養皮膚，依賴食慾素抑制劑、酒精和各種醫美手術過活。只要是喜歡我的男人，無論是誰，我都會跟他交往。別人十秒鐘就能看出來的事，你怎麼看不出來呢？你這樣只

14 編註：位於韓國慶尚北道，距釜山約三小時車程。

會被別人利用。我沒有說出這些心裡話，而是小心翼翼地問了一個問題。

「我該不會是你的第一個女人吧？」

「怎麼可能。我高中交往過幾個女朋友，入伍前也有一個女朋友。」

「她是怎樣的一個人？」

「聊其他女人也沒關係嗎？」

「你好好笑喔。當然沒關係，給我看看她的照片。」

泰赫給我看了他手機裡和那個女生一起拍的照片。女生與Instagram中的我差不多。換句話說，就是五官大得驚人，嘴唇過度注入脂肪，就像叼著什麼東西似的。我問她是做什麼的，泰赫說她經營網路商店。果不其然，這才說得過去。在泰赫的記憶中，前女友是一個深思熟慮且很敏感的人。「生意不好，她一直都很苦惱，所以我也多少受到了她的影響。聽說網路商店經營不善，我還投資了一些錢。但最後還是關掉了，她也回鄉下老家了。」

「還不出錢，所以跑了？你借了她多少錢？」

「加上打工存的錢，差不多有五百萬韓元。」

「你是瘋了吧？那麼多錢都借給她了？你被她騙了。」

「不可能，她不是那種人。她可是在Naver[15]上可以搜尋到名字的人。」

「喂，Naver上也能搜到曹喜八[16]。騙子的臉上會寫我是騙子嗎？」

「她是一個好人。我們現在偶爾也有聯繫，她說等我退伍以後就還錢，她不會騙我的。」

泰赫嘴上說沒事，但臉上卻沒有半點自信。看來他的才華是專門挑選有犯罪歷史的女人交往。我有一種預感，他日後談戀愛也不會一帆風順。看著垂頭喪氣的泰赫，我突然覺得說了不該說的話，於是只好靜靜握住他的手。泰赫微微一笑，看著我說：

「妳是一個好人。」

「你是從童話故事裡走出來的嗎？看誰都是好人。」

「我剛才先離開電影院，不是因為妳。」

「那是為什麼？你得了腸炎？」

「不是，因為別的原因。」

泰赫說他無法忍受人多且黑暗的地方。

「素拉姊，我很不安。有時候，我會覺得整個世界就像死亡一樣，漆黑一片。每當這時，我就會手抖、耳鳴。所以我在訓練所的時候吃了不少苦，一個月幾乎都沒睡過好覺，

15 編註：韓國著名入口及搜尋引擎網站，也提供其他許多服務如新聞、電子信箱、電子地圖服務（含街景地圖）等。

16 譯註：韓國歷史上最大的詐騙案「曹喜八詐騙案」主要嫌疑人。

動不動就暈倒。」

「啊，原來是這樣。」

「妳知道嗎？我們在部隊連一秒鐘獨處的時間都沒有。我真的很痛苦。但和妳在一起就不會，和妳在一起的時候，會覺得這世界上只剩下我們兩個人。我很喜歡這種感覺。」

那是因為我們每次見面都待在旅館裡，但我沒實話實說。

「因為越來越不安害怕，所以我需要妳。」

「你是不是得了驚恐症？服藥就能治好的。你需要的不是我，而是治療。」

「果然，妳無所不知。」

「那是因為我也是一身病。」

「話說回來，妳也和我聊聊妳的事吧。我很好奇。」

「你也知道，沒什麼特別的。我大學畢業以後，做什麼都屢屢失敗，現在就是一個吃喝玩樂混日子的女人。」

「我不是想聽這些，我是想知道妳和誰的關係最好，討厭什麼樣的人，做什麼事的時候最開心，現在交往的男朋友是誰，是怎麼認識他的……」

「泰赫啊，我現在服用的藥，吃了之後，心裡會舒服很多，對睡眠也有幫助。」

我趕快打斷泰赫的話，從包裡取出安眠藥遞給他。泰赫毫不遲疑地接過藥吞了下去。

他也不想想，萬一是毒藥怎麼辦？吞下藥的泰赫又用流浪狗般悲傷的眼神看著我，我努力迴避他的視線，從行李箱裡取來一瓶紅酒。我用開瓶器打開紅酒，走到迷你吧台拿起酒杯。「泰赫啊，我去浴缸泡一會兒。」我沒等泰赫回答，趕快走進浴室鎖上了門。

我背靠著門坐在地上，把杯子和紅酒放在一旁。我長長地嘆了一口氣。泰赫就像過去的我一樣，認為只有向對方展示自己的軟弱，看清對方的傷疤，才能真正的理解彼此。這樣的想法近似於一種信念。這種單純的信念就像照鏡子一樣，讓我感到毛骨悚然。不好意思，我不想再聽下去，你不要再講了，也不要再問什麼。你只是一個肩膀厚實、鼻子高挺、那裡大得剛剛好的軍人而已。你不過就是世上的男人之一，你與他們毫無差別。不要說出我無法承受的真相，不要去深挖我的傷疤，不要讓我們的關係變得特別。我們的關係就只是無聊的時候碰面做愛，聊一些毫無意義的話題罷了。拜託，你就以這樣的狀態留在我身邊吧。

門外傳來泰赫的聲音。他似乎就在門口，聲音非常清楚。

「素拉姊，妳又哭了？」

「沒有。」

「怎麼這麼安靜？我都沒聽到放水聲。」

「我先喝一杯，喝完再泡澡。」

「唉，真是的，妳就那麼喜歡喝酒啊？」

「泰赫啊，那個……我真的不是一個好人。」

「妳比妳自己想的更好。」

「不，我不是你想像的那種人。」

「妳為什麼有那麼多祕密？都告訴我，沒關係的。」

「真的嗎？那我就說一個好了。去年我養的狗丟了，牠叫芭黎絲．希爾頓，是一隻博美犬。我跟文京姊說是從朋友家領養的，但其實是在寵物店買的。我和文京姊加入動物保護協會，還在反對寵物店的聲明上簽了名。我不好意思說實話，所以才說了謊。其實是由男朋友出錢買的狗，狗也養在他家裡，嚴格來講，也不算是我的狗。」

「啊，素拉姊……」

「寵物店裡的小狗都很虛弱，環境也不好，而且很多都是近親交配。芭黎絲的膝蓋有問題，還做了手術。那天我男朋友敞著玄關門打掃房間，看到芭黎絲跑走也沒追出去——他知道牠膝蓋不好，覺得牠肯定跑不了多遠。沒想到牠拖著手術沒多久的小短腿，頭也不回拚死地往前跑，很快就不見蹤影了。於是事情就鬧大了，文京姊和其他幾個朋友都趕來幫我和男朋友找狗。起初大家還很積極地幫忙發傳單，到處找狗，但找遍了整個社區也找不到。一個星期過去、十天過去，也沒有人打電話來。那幾個朋友和我男朋友都放棄了，最後只剩下我和文京姊抱著希望。當時正值梅雨季，天天下雨，我也感冒了，簡直痛苦死了，所以我對文京姊說：『姊，我們放棄吧，找不回來了。』文京姊反問我：『妳怎麼能輕言放棄呢？那個渣男妳都能忍這麼多年，這個依賴妳的小生命，妳怎麼可以輕言放棄？難道芭黎絲只是妳的小飾品嗎？牠和妳做的美夢、能賺錢的男友一樣？』我一時衝動反駁說：『姊，別說了。妳這是一廂情願。狗也好，人也罷，離開了就不會再回來了！』文京姊的媽媽拋下家人和別的男人跑了，到現在也音訊全無。她把難以啟齒的祕密告訴我，還幫我找狗，但我卻對她說：『離開的人是不會再回來的，妳也該死心了。』」

「啊，素拉姊，那個……」

「泰赫啊，現在你知道了吧？我是那種你越了解就會越明白我的性格多麼糟糕的女人，我們到此為止吧。」

我把入浴劑倒入浴缸，打開水龍頭。泰赫邊敲門邊說了什麼，但他的聲音被流水聲蓋過，我一個字也沒聽清楚。浴缸很快溢滿了泡沫。我把酒瓶和酒杯放在浴缸置物架上，拍了張照片，然後加上 **#天堂飯店 #波爾圖酒** #whitewine 等標籤上傳到Instagram。即使是在這種情況下，我也能挑選出以黑色大理石為背景襯托出很多泡沫的照片。我也覺得這樣的自己很噁心，但我有什麼辦法呢？總不能停止呼吸吧。看著愛心數不斷上升，我突然火冒三丈地把手機丟出去。手機撞到牆上掉進了泡沫中。我趕快從浴缸裡撈出手機，滿是泡沫的手機畫面黑掉了。手機關機，我的人生似乎也結束了，彷彿只有空殼漂浮在浴缸的水面上。

現在是該結束的時候了。我很清楚，除非我親手結束這一切，否則一切不會結束的。我總是活在另一個瞬間，而不是當下；總是幻想自己身處另一個地方，而不是原地。看護媽媽的時候，我想著金。和金在一起的時候，又想著泰赫。和泰赫在一起的時候，心裡惦記著跑走的那隻狗。正如文京姊所言，我一直把周圍的一切視為點綴我的裝飾品。我受夠了。搞砸人際關係的時候，我可以把責任推卸給對方，然後一走了之，但我無法擺脫自己。沒有比這更令人絕望的事。

當我緩過神的時候，脖子上已經綁著浴袍的腰帶、一隻手攥著帶子的另一端，站在浴缸上。我努力保持平衡，試圖把帶子綁在毛巾的收納架上。我換了幾個方向，但始終沒有綁緊。一番折騰過後，我精疲力盡地癱坐在地。鼻涕取代眼淚流了出來，我用嘴巴呼吸，哭了很久。

我哭得眼睛和鼻梁泛紅，走出浴室時，泰赫已經打呼睡著了。我穿著浴袍，坐在泰赫身邊，看來他是吸收安眠藥的體質。由此可見，他即將成為一名優秀的藥物依賴患者。我看著泰赫咧嘴熟睡的那張天真臉龐，心想，這次應該是我們最後一次旅行，畢竟沒有幾個男人能忍受做出這種事的女人。但話說回來，吃下新換的安眠藥又喝酒，一定會出事吧？

但我哭了半天，酒勁好像也過去了。可怕的是，清醒以後肚子又餓了。一個單字突然從我腦海中一閃而過。

麥當勞。

我每次喝酒都會想吃麥當勞。不管怎樣，現在一定要去麥當勞。我找了半天衣服，都是裙子、洋裝和單薄的風衣，鞋子也都是很高的高跟鞋。要是別人看到這些衣服肯定會以為我是來走紅毯的，但其實我只是來和軍人做愛而已。我套上一件看上去不那麼緊身的洋裝，因為怕冷又穿上浴袍，最後披上泰赫的黑色大衣。長長的大衣拖著地面，於是我選了一雙最高的高跟鞋。如果要走很遠怎麼辦？沒事，不會的。麥當勞隨處可見，應該很快就能找到。我覺得只要走進麥當勞，一切就會好起來。

當我清醒過來的時候，不知為何，已經站在沙灘上。高跟鞋一直陷進沙子裡，每走一步都很吃力。我脫下鞋子，看到褲襪的腳趾大拇趾位置破了一個洞。每邁出一步，都能感受到大衣拖著地面，沙子也跑進了褲襪裡。我放下鞋子，摸了摸口袋，摸到了兩個手機。一個是我螢幕黑掉的手機，另一個是泰赫的手機。雖然泰赫的手機完好無損，但也因為沒電而關機了。壞掉的手機就如同我的人生。看著手機也能聯想到人生，我可真不愧是哲學系畢業的。可以找到很多藉口的人生似乎也不錯。我癱坐在沙灘上。漆黑的夜晚，我一個人裹著好似被子的大衣坐在沙灘上看海。這種感覺也不錯。雖然腳趾涼涼的，但天氣並沒有冷到難以忍受，而且浴袍比想像中更保暖。朴素拉，穿浴袍出來真是明智的選擇！稍遠的地方，人們正在放煙火，孩子們尖叫著把煙花放入高空。歡笑聲不斷的家庭，玩著爆米花般煙火的情侶，他們應該都很清楚自己是誰，正在愛著誰，所以才會流露出那樣的表情。現在的我是什麼表情呢？微笑，還是哭喪著臉？不用看也知道，一定很糟糕。

我覺得，如果現在可以使用手機的話，一定可以簡單、如實、誠懇地上傳我的處境。

我 #朴素拉。

曾是 #模特兒 #社會運動家 #電影導演。

但現在就只是 #三十二歲的 #毀婚女。

四個小時前，我身在#釜山國際電影節。

我既是身材完美、那裡大得剛剛好的軍人的 #主人 也是 #自殺練習生，還是看護癌症末期老母親的 #孝女看護。但我很快就會變成 #喪主。我曾是忠誠的 #未婚妻，養過一隻叫 #芭黎絲希爾頓 的 #寵物狗。但現在，

#

無人知曉的
藝術家之淚與
宰桐義大利麵

今天的生活也和平時一樣平淡乏味。我坐在位於鐘路即將關門的酷兒電影製片公司的辦公室裡，在各大資源下載網站搜尋著〈貪圖熟睡的肌肉青年〉。

貴司的七〇一〇四五篇貼文侵犯了本製片公司作品〈貪圖熟睡的肌肉青年〉的版權，請立刻刪除。

這是我最近負責的作品。與其稱之為作品，其實就只是帥氣十足的青年做愛的影片而已。拍攝期間使用的片名「玷污熟睡的肌肉青年」因主體意識過於明顯，未能通過影像物等級委員會的審核，最後只好改成「貪圖熟睡的肌肉青年」。也許是因為主角平易近人的外貌讓人聯想到鄰居男子，該影片在同性戀們經常使用的非法下載網站獲得了相當高的人氣。坐在位於鐘路的辦公室裡，呼吸著摻雜黴味的空氣，搜尋侵犯版權的網站就是我下午的工作。我已經過了自卑的年紀，更不會去思考——我拚命賺錢念電影系就是為了做這種事嗎——這類問題。當我意識到能按時領薪已經是謝天謝地的時候，也早已過了三十而立的年紀。

下午三點，我接到了一通意外的電話。

朴美子科長。

美子的嗓門大，性格直言不諱，所以念大學的時候時常和（性格相似的）我鬥嘴吵架。但之後我們反倒成了朋友，她還擔任了我的畢業作品（也就是第一部長片電影）的製片人。那部電影快殺青的時候，美子氣勢洶洶地宣布：「真是夠骯髒、可恥的，我跟你這種人沒辦法再合作下去了。」她就這樣拋下我，去了大型連鎖電影院任職。受益於她橫衝直撞的性格，入社沒多久便連連晉升，成為了多元電影產業部最年輕的科長。如今美子成了我在電影圈屈指可數的業界人脈兼酒友。電話另一頭的朴美子以她特有的超快語速和不標準的發音，說明了打來電話的目的。

為拯救因觀眾少而陷入困境的新都市P市的分店，公司企劃了電影導演K的二十週年回顧展。生前未受到矚目的K，因超越時代的拍攝技法與專注於現代的人物描寫，最近在評論家之間再度獲得好評。今天K的代表作《戀人》上映後有一場映後座談，嘉賓邀請了文青導演丹尼爾．吳和某電影評論家出席，結果五個小時前，評論家打電話說消化不良而無法出席活動。就因為這樣，朴美子想到了最好講話的朋友——也就是電影圈的從業人員我。

「拜託你過來吧，就當救我一命。」

「不要。我算什麼啊。」

「你？電影導演啊。你的電影不是入圍過電影節的正式競賽單元嘛。」

六年前，我拍完第一部也是最後一部電影以後，就徹底被電影圈埋葬了。我算什麼電影導演？看來美子是急得走投無路了。

「少說廢話。我說不去就不去。我根本沒看過K導演的電影。」

「電影你過來看就行了。座談的訪綱我也會幫你準備好，你只要像平時一樣，隨便聊聊天。」

「妳明知道我有多討厭吳導演。我不去。」

「我知道，當然知道，所以才這樣低聲下氣地求你啊。拜託，過來吧。」

之前我還在拍電影的時候，美子不但幫我準備文件申請電影振興院的補助金，還替我報名了全國各大獨立電影節，所以十分清楚我的性格。美子察覺出我在猶豫，大喊道：

「送你免費電影票，二十張！」

「三十張！」

「成交，三十張免費電影票。今天的聚餐也要靠你了，拜託喔。」

「好吧。我幾點過去？」

「電影七點上映，你早點過來。帶幾個朋友過來，都沒人來，活動都要搞砸了。」

▽

P市和其他規劃城市一樣乾淨，人跡稀少。穿過筆直的街道，抵達電影院P分店門前時，我看到了正在向我揮手的王香。王香一如既往，穿著貼身運動褲和緊身的無袖T恤，可能是剛練完皮拉提斯。能隨時約出來看電影的人只有王香。一年前，王香突然辭去農協銀行的工作，說要挑戰空服員，但到現在仍過著遊手好閒的日子。王香輾轉於空服員學校和外語補習班，應徵了各大航空公司，但由於三十幾歲的年紀而屢屢失敗。最近他又迷上了皮拉提斯，整天泡在皮拉提斯教室裡。幸好他天天去的皮拉提斯教室距離P市不遠。幾日不見，他整個人消瘦了很多，有別於往日乾淨俐落的模樣，他今天沒刮鬍子，一臉鬍渣，密密麻麻。

「謝謝你過來。話說回來，你怎麼瘦了？」

「嗯。最近在減肥，聽說準備應徵的卡達航空公司喜歡瘦子。」

王香看了一眼手錶，抓住我的手說：「沒時間了。」接著立即往電影院跑去。

與朴美子的擔憂相反，電影院座無虛席。美子悄悄地告訴我，跟吳姓文青導演傳出緋聞的男團明星粉絲買了團體票。我們走到電影院前，映後座談的嘉賓吳導演站在那裡。自從六年前的人權電影節之後，我們今日還是第一次碰面。當時，我的電影和吳導演的電影共同角逐最後獎項，結果他擊敗我，獲得了最佳作品獎，並透過發行商正式在院線上映，受到了評論界的關注。之後他利用社會弱勢群體拍了一部催淚的商業長片，票房卻慘不忍睹。在電影圈已無容身之地，他最近改了新名字丹尼爾．吳，靠著在網路社群發布各種毫無邏輯的文章和感性照片東山再起，成功塑造了自己的文青形象。但是，與網路社群上的美照相反，時隔六年再見的吳導演看上去又老又憔悴。想到他長我五歲，也到了中年年紀，不禁覺得這也是他應該有的樣子了。吳導演點頭和我打了聲招呼。

「好久不見，朴導演。」

「是啊，真是好久不見。看到丹尼爾的名字，我還以為是哪個男偶像呢，怎麼也沒想到是吳導演啊（其實我知道是他）。這是化名？不對，應該是藝名吧？」

「我去算了生辰八字，命理師說我的原名會擋大運，所以換了一個招運的名字。」

丹尼爾是命理師取的名字？難道是美國來的道士？電影圈的人都知道他覺得自己的本名很土氣。看來他還是沒有改掉胡言亂語的毛病。美子推了一下我們的背，說電影馬上要開始了。吳導演很在意大家的視線，坐在第一排的正中央，翹起了二郎腿。我和王香則逃亡似的跑到最後一排，坐在角落。我貼著王香的耳朵說：「那個導演就是我上次和你提的假同志。」

王香瞪大雙眼。電影開始了。

黑白畫面上，演員的臉忽隱忽現。半個小時過去了，仍沒有事件發生，毫無意義的台詞持續不斷。這就是電影評論家們說的與時俱進嗎？無聊死了。我實在想不出要對這部電影裡提出什麼了不起的問題。還不如回去加班呢。我很後悔，但為時已晚。王香坐在我旁邊，身體前傾、伸長脖子，徹底沉浸在電影中。他的坐姿一直都很端正，但現在彎著背，而我則像一隻病雞，頻頻點頭，打起了瞌睡。王香用手肘捅了一下我的側腰。

「你打呼了。」

我乾脆靠在王香身上。王香嘆了口氣，身子倒在椅背，好讓我能舒服地靠在他的肩膀上。我經常失眠，王香總是把肩膀和大腿借給我，他的頸部散發著Bleu de Chanel的香氣。這是他最近很喜歡的香奈兒香水。王香奈兒的綽號也是我幫他取的。這已經是十年前的事了。那時的我們根本想像不到三十幾歲會活成這個樣子，更沒有想到我們會變成這種關係。大銀幕上的主角們在黑暗的閣樓相擁，一道光線從粗糙的木製屋頂直射而下。女主角用手遮住一隻眼睛，光線落在她的指甲上。我把手伸向大銀幕，凝視著自己短短的指甲。王香舉起手，緊緊握住了我的手。

此情此景，和這樣的觸感，都是我非常熟悉的畫面。

那天，我們一起躺在宰桐部隊軍營的貨櫃屋裡。

我們分在一組，在警戒區站了一夜崗，天亮後返回營區，偷偷地喝了藏起來的酒。室內只有我們兩個人，我們迫不及待地抱住對方、親吻、十指緊扣，躺在床上。每當電風扇轉動，貼在窗戶上的黑色遮光紙就會隨之飄動，這時窗外的陽光就會透過縫隙照射進來。藉助那道光線，我可以隱約看到王香濕潤的嘴唇、呼吸急促的高挺鼻子、凝結在睫毛上的汗珠，以及從他半睜的眼睛中彷彿能映照出的我的臉。比任何時候都要安靜的沙漠清晨，貨櫃屋裡充斥著我們的呼吸聲。我們瞇著眼睛互望彼此，同時射精。我們喘著粗氣，相擁躺在狹窄的軍用床上。從窗縫直射而入的光線，刺眼得讓人睜不開眼睛，我伸手擋住那道光線，王香握住我的手。我們就這樣牽著手，在床上躺了很久。

先鬆手的人是王香。

「我不是這個意思。」

聽到他這樣講，我才意識到我期盼這一刻已經很久了。我想這樣。我本來就是這個意思。我從一開始就在懇切地盼望著會發生這件事。

▽

我加入宰桐部隊，純粹是為了拍攝一部世上獨一無二的酷兒電影。

就讀大學的時候，韓國獨立電影曾掀起一陣酷兒電影的小小熱潮。身為酷兒，出於義務，我幾乎看遍了所有酷兒題材的電影，但每次都大失所望。那些電影都拍得過於矯情，不是走形式主義的路線，就是帶有明顯的政治意圖，與男同志（也就是我）的現實狀況差距甚遠。看電影的時候，我甚至產生了憎惡之情。

我把這種情感化為創作的動力，決心拍一部既不把同性戀視為勳章展示、也不以形式主義去消費、純度百分百的酷兒電影。西班牙的新銳導演ＥＬ堅定了我的這種信念。ＥＬ十九歲時創作了人生的首部電影劇本，二十三歲時完成了電影拍攝。隔年，他便成功地踏上了坎城電影節的紅毯。我當時只是二十幾歲的大學生，沉迷於一夜成名的傳說，深信自己也可以成為東方的ＥＬ，拍出震撼影壇的佳作。然而，無論我怎麼努力，也寫不出顛覆世界的劇本，最後顛覆的只有我的內心。最後，我和其他失敗的電影學徒一樣入伍去了，但仍期待著總有一天可以成為坎城電影節的寵兒。

因為錢的緣故，我在一等兵末期看到生活公告欄貼出支援宰桐部隊的召募士兵公告，想也沒想就報名了。據說只要支援六個月，就可以得到一千兩百多萬韓元。有了這筆錢，至少也能拍兩部短片。想辦法東拼西湊的話，說不定還能製作一部長片。希望蒙蔽了我的雙眼——我擔心家人反對，所以悄悄地報了名，最後真的成功加入了宰桐部隊。

出發前，我們在京畿道廣州市接受了為期一個月的教育訓練。「宰桐」在阿拉伯語中是橄欖的意思，象徵著和平與重建。宰桐部隊將駐紮伊拉克，負責執行維護和平的警備工作及地方重建等任務。說得好聽是去維護和平、重建家園，但不祥的預感告訴我，我們就是派出去的長期勞工。很快地，我的預感就得到了證實。

我在宰桐部隊被分配到了負責畫壁畫的特殊小分隊。

上級的一句話便可以決定部隊內部的所有事物。營長看著軍營四周巨大的防護牆，隨口說了句「這牆也太淒涼了吧。」部隊隨即便進入緊急狀態，排長立即下達指示，從新兵中召集美術系的學生畫壁畫。但找來找去，兩百多名士兵中只有三個人是美術系的學生。顯然三個人難以處理大面積的防護牆。沒辦法，召集範圍只好從美術系擴展到了整個藝術領域，最終由五人組成了壁畫小分隊。因為我是學電影的，所以就被派去畫壁畫了。

我們的第一個任務總共花了四天時間。說是任務，其實就是命令我們在一週內，利用部隊僅有的五種顏色的油漆，畫滿防護牆。三名美術系的學生聚在一起，不到三十秒就討論出了結果：考慮到營長的年紀，最好畫一幅老人家喜歡的風景畫。研究西洋畫的C負責構思草圖，攻讀產業設計的A負責選色，學習動畫的B負責填色，我和高個子、年紀大的另一個隊員負責利用五種顏色的油漆調出新的顏色。那時，我們學會了如何利用五種顏色創造出世上所有的顏色。無論是誰，都會覺得我們速戰速決完成的第一幅作品是在模仿鮑伯·魯斯[17]的風景畫。沒想到我們的意圖正中老人家的歡心，營長非常滿意，善於察言觀色、成功加分的排長立刻決定讓我們正式組成壁畫小分隊。宰桐部隊的主要任務是重建因戰爭遭受破壞的伊拉克，因此壁畫成了展現該任務本質的最佳方式。就這樣，警備隊所屬的壁畫小分隊正式成立。

壁畫小分隊的隊員都是一等兵，除了其中一人以外，所有人都是二十三歲的同齡人。三個美術系的隊員和所有二十三歲的異性戀男人一樣，喜歡浮誇地談論自己平淡無奇的人生。我對他們新生時期經歷的那點破事和聊到的那些女人根本不感興趣，但想到眼下必須與他們同甘共苦，勉強講了幾段入伍前短暫且轟轟烈烈的愛情故事。當然，我無奈地改變了對方的性別。就在我們虛假地製造著團結氣氛的時候，唯有那個個子高、年紀大的隊員閉著嘴一聲不吭。他的肩膀很寬，身材結實，眉骨凸起，面相十分凶煞。比起學藝術的人，他看上去更像是體育生或習武之人。再加上他的年紀比我們大，所以大家和他講話都小心翼翼。他的姓氏也很特別——王。我按捺不住好奇，忍不住開口問道：

「那個，王大哥，你是中國人嗎？」

17 編註：本名羅伯特·諾曼·魯斯（Robert Norman Ross，一九四二年～一九九五年），鮑伯·魯斯（Bob Ross）為藝名，以平靜的繪畫態度與耐心為特色，在著名電視節目《歡樂畫室》擔任即席教學畫家兼主持人長達十二年。去世之後卻以蓬鬆亂髮的畫家形象成為網路名人，在YouTube和許多網站大受歡迎。

「嗯，我是華僑。」

「真的假的？」

「當然不是，華僑怎麼能來這裡？」

除了獨特的幽默感，他還有幾個特別之處，其中最特別的是香氣。他很在意個人衛生，近似於一種潔癖。他每次返回軍營都會立刻去洗澡，還會用沐浴乳洗內褲。不僅如此，看到赤身裸體的他仔細往身上噴體香劑和刺鼻的香水時，我都會莫名產生一種近乎觀看祭祀的敬意。趁他去烘乾衣服的時候，我偷偷看了一眼那個長得像水壺似的香水瓶。CHANEL ALLURE HOMME SPORT。我還真不知道香奈兒也有男性用品。從體香劑也是用香奈兒這點來看，他應該是一個香奈兒狂粉，於是我幫他取了一個綽號叫「王香奈兒」，並將這個綽號公諸於眾。

起初我根本沒有想到會跟王香走得這麼近。他的個子高、肩膀寬、四肢長於常人，所以站在他旁邊會莫名覺得畏怯，但其實我也覺得他很性感。這種緊張感，無論再怎麼隱藏也會像煮好的飯鍋不停飄出的飯香。我時刻保持警惕，努力與他維持距離，然而，很多時候，我都不由自主地盯著他看。有時我們四目相接，我還會慌忙地避開他的視線。王香對我的態度也總是很冷漠，保持警惕。不過，王香那時也不只是對我如此，他與所有人都保持距離，而且少言寡語。

我們的主要任務是為艾比爾[18]近郊重建的學校畫壁畫。宰桐部隊讓在地居民留下了很好的印象，我們就像當年支援韓戰的美軍一樣，帶著供給物資分發給孩子們。我們的車還沒停穩，孩子們就從學校跑了出來。為了保護我們的安全，部隊增派了十五名左右的特種兵。由於部隊禁止我們與孩子過度親密接觸，加上全副武裝的特種兵圍在我們四周，所以我們只能把從營區帶來的零食丟給孩子們。王香在我們面前總是面無表情，但看到孩子們就會露出發自內心的微笑。我經常站在稍遠的地方，出神地看著他露出三十多顆牙齒的燦爛笑容。王香用英文和孩子們搭話，問他們叫什麼名字，趁四下無人的時候，還會握一握他們的小手，摸一摸他們的頭。我在心裡猜測，他是不是生過孩子呢？孩子們也感受到了王香的善意，所以總是追著他跑。王香還會教孩子們唱韓國流行歌，他用帶來的MP3播放Deux、Turbo、蘇燦輝和蔡貞安[19]的歌。乾燥又荒涼的沙漠地帶迴盪著王香和伊拉克孩子們的歌聲。王香唱得開心時，還會隨著歌聲翩翩起舞。他就像一本行走的流行歌辭典，精通所有歌曲的歌詞和舞蹈。和孩子們一起唱歌、跳舞，他看上去比任何人都要幸福。在

18 編註：位於伊拉克北部，為伊拉克庫德斯坦首府。

19 編註：Deux是一九九〇年代初期的韓國流行音樂組合，是最早將嘻哈音樂融入韓國音樂的組合之一。Turbo則是活躍於一九九〇年代中後期的韓國雙人組合。蘇燦輝的本名為金京熙，一九七二年出生，知名韓國女歌手。蔡貞安於一九七七年出生，韓國知名女歌手及演員。

我的人生中，像王香這樣享受唱歌和跳舞的人，可以說是前無古人後無來者。子曰：知之者不如好之者；好之者不如樂之者。王香應該去當明星。那時的我只是覺得會享受的人是因為懂得享受，擅長一件事才能做好那件事，然而我並不知道能取得成功者其實也大有人在。當王香和孩子們玩的時候，其他人就會一邊等著油漆曬乾，一邊沒好氣地聊著退伍後的人生規劃。研究西洋畫的C說，他回韓國後就要退學，然後開一間義大利麵店。他還不切實際地幻想，如果經營有道還能再多開幾間連鎖店賺大錢。B打算赴美留學，立志成為皮克斯的動畫師。我沒有白痴到告訴他們說我的夢想是拍一部酷兒電影進軍坎城電影節，便隨口說會用募兵津貼支付大學的學費。

關於壁畫小分隊的傳聞很快傳遍了整個艾比爾市，很多學校紛紛向我們發出邀請，原本一週兩天的工作量逐漸增加。身為警衛兵，我們必須盡職盡責，所以大家以三班兩輪的方式巡邏邊境，然後利用剩餘時間前往市區畫壁畫。忙碌的日子持續了很久，大家每天的睡眠時間都不足四個小時。加上每個學校分配的時間最多只有四天，所以也不可能每次都畫不一樣的壁畫。我們最後討論出的方案是，設計幾個人人得心應手並且可以快速完成的圖案。但在最終選擇圖案的過程中，動畫系的B提出畫寶可夢，內部發生了分歧。王香認為B提出的寶可夢毫無創意，應該選擇更具韓國特色的圖案。研究西洋畫的C也贊同王香的看法。我和B則認為寶可夢的圖案找起來容易，而且孩子們也很熟悉這些卡通人物。王香提出質問說，如果沒有原創性，這麼辛苦畫壁畫又有什麼意義呢？我小聲嘀咕了一句：

「跑這裡來談什麼原創性，又不是來搞藝術的。」

「難道壁畫不是藝術嗎？我認為這也屬於我們和伊拉克的孩子們進行的一種藝術交流。你不懂，是因為你不了解什麼是藝術。」

「你說什麼？好像你搞的藝術有多純潔、高尚似的。」

「我是跳現代舞的。」

「現代舞？就是在地上爬來爬去，一會兒扮演狗，一會兒扮演黑點？現代舞就是藝術？」

王香一拳揮在我的臉上，我揪住他的領子將他推倒在地，兩個人在地上打起滾來。其他人趕快把我們拉開。一場拳打腳踢的肉搏戰之後，最終得出了雙方都不滿意的結論——將韓國特色的圖案與寶可夢結合在一起。

幾天後，新的工作排程出來了，我和王香分為一組去值夜班。也就是說，整夜全副武裝的我們必須互相依靠，行走九公里以上的路程。那件事情過後，我心裡雖然沒留下什麼心結和不滿，但也不知道該如何忍受尷尬的氣氛。

那天晚上，我和王香全副武裝默默地沿著防護牆往前走。就在我心想和幽靈走在一起都不會這麼尷尬的時候，從某處飄來了一股濃濃的柑橘香氣。在沙漠不分晝夜，經常會有沙塵暴和小型龍捲風襲來，所以我們外出必須戴口罩，甚至還要在外面加一層面罩。我隔著口罩和面罩都能聞到那股味道，到底噴了多少香水？簡直是生化武器級別的穿透力。我小聲喃喃道：「啊，香水味。」這句話不是針對王香說的，但他摘下口罩回答說：

「抱歉，我總覺得身上有汗臭味。」

我告訴他，他是這世上和汗臭味最不沾邊的人。王香說了聲謝謝。但我其實也不是在稱讚他。

「你為什麼只噴香奈兒的香水？我都不知道香奈兒還有男性香水。香奈兒有什麼與眾不同之處嗎？」

「因為是香奈兒。我喜歡那種光是聽到名字就知道是什麼、而且無法被取代的東西。」

我本來想說，噴香奈兒又不表示你會變成香奈兒，但話到嘴邊還是嚥了下去。直覺告訴我，王香很有可能也是我們這邊的人。雖然也有很多異性戀執著於香水，但他執著之處，莫名讓人覺得很像同性戀。再說，他不是學現代舞的嗎？就在我立足於偏見而沉浸在他是同性戀的幻想時，一股風沙迎面而來，我立刻轉頭閉上眼睛。風很快停了。我把槍放在地上，摘下面罩抖了抖，沙子嘩嘩掉下來。王香吃了一嘴沙子，吐了一口口水，對我說：

「講一件好笑的事給你聽？」

「要是不好笑呢？什麼事？」

「我真的表演過黑點，參加柏林 Tanzolymp 比賽[20]的時候。」

「對嘛，只有韓國人才能幹出這種事。」

「找死啊？話說回來，你怎麼講話這麼沒大沒小，我可是比你大很多呢。」

「但我比你早入伍半個月喔。」

「白痴。」

「看在敬老憐貧的分上，我就叫你王大哥好了。」

「算了，隨便你。」

「那我就繼續稱呼你這個香奈兒狂粉叫王香奈兒好了。」

王香傻笑了一下。他一笑，顴骨就會高高鼓起，非常可愛。我問他為什麼一把年紀還報名宰桐部隊。他說是為了體驗新生活。入伍前，他每天練舞十四個小時，幾乎參加了全世界所有的比賽。我覺得他的經歷已經比窮困潦倒的二十代青年豐富十幾倍了。但我沒有

20 編註：被譽為「國際舞蹈奧林匹克」，每年皆在柏林舉辦，主旨是以舞蹈作為全球語言，讓參與者有機會在研討會和比賽中結識世界各地年輕人，增進國際交流及學習欣賞各種舞蹈藝術文化等。比賽項目廣及古典芭蕾、新古典芭蕾、現代舞、傳統民族舞、流行舞及爵士舞等。

說出這句話，而是問了他另一個問題。

「你為什麼偏偏選擇現代舞呢？現代舞一點也不熱門啊。」

王香選擇藝術完全是遵從父親的意願。他的父親是那種白手起家的典型成功人士，即使家境清寒，但一生憧憬藝術，所以才會希望婚後七年喜得的貴子擁有與自己不同的人生。就因為這樣，王香入學前就開始接受音樂、美術、高爾夫和馬術等英才教育，但結果都不如人意。國中時，王香偶然觀看的現代舞表演讓他覺得如同得到了神明的啟示。年紀不小的他纏著父親要學現代舞，沒想到現代舞真的為他開闢了一條新的人生道路。王香具備跳現代舞所需的細長四肢和出眾的節奏感，每天花十四個小時練舞，立志要成為東方的查爾斯．威德曼[21]。也許是真的很有天賦，在極短的時間內準備入學考試便幸運地考上了位於首爾的藝術高中。然而不幸就是從此時開始。僅憑細長的四肢難以超越一般水準，當王香意識到光靠努力也無法獲得藝術天分時，為時已晚。他缺少的不僅僅是天分而已。父親曾在大企業任職高級主管，王香從小不愁吃穿，如今透過天文數字般的學費方才明白了資本主義的可怕。他就像藝術高中和大學的學長們一樣，為在（可免兵役的）大賽中獲獎而全力以赴。從高中開始，王香參加了地球上所有的國際現代舞比賽，但每次都在預選賽遭到淘汰。王香從那時開始收集香水。不知從何時起，王香總覺得自己身上有異味，也不敢直視對方的雙眼講話。每次出國參加比賽，他都會在免稅店買香水，還養成了頻繁噴香水和用力刷牙直到把牙齦刷出血的習慣。為了控制體重，他出現了輕微的厭食症。就這樣，因長年出國參加比賽，他的房間裡不知不覺多了兩個陳列香水的櫃子。直到入伍前，王香才成功晉級了希臘和德國的著名現代舞比賽的總決賽。眼看目標近在咫尺，王香決心努力發揮自己的特長——刻苦耐勞。他減少睡眠時間，刻苦練習，也更加嚴格地控制飲食減輕體重。但全力以赴準備的舞蹈「我是世界上的渺小一點」，最終還是與獎項無緣。囊空如洗後，已經老大不小的王香也只能選擇入伍了。

「我知道自己沒有天賦，能走到今天，可能都是靠爭強好勝的性格吧。」

王香的語氣彷彿像是克服了人生各種苦難與逆境，但在我看來，那不過就是從未吃過苦的富家子弟略帶撒嬌的感嘆罷了。但我可以理解每個人詮釋自己不幸的方式，所以我點了點頭，說了幾句安慰他的話。王香問我為什麼拍電影？

「因為失眠。」

「失眠和電影有什麼關係？」

「晚上睡不著，所以看了很多無聊的電影。看那麼無聊的電影也還是睡不著，所以就開始寫更無聊的劇本。不知不覺，我就變成了如果不看、不拍電影就無所事事的人。」

21 編註：Charles Weidman，一九〇一年～一九七五年，著名編舞家、現代舞蹈家和教師，是美國現代舞的先驅者之一。

「失眠的人還打呼，睡得那麼香？」

「來這裡就不失眠了。看來我上輩子是伊拉克人。」

「白痴。」

之後，我們默默地走在沙漠裡，但間距比之前更近了。我與王香保持半步的距離，緊跟在他身後。我們全副武裝，但是無論裝備多重，王香的背始終筆挺，露在軍裝外的脖子又長又直，軍帽下的後腦勺就像修剪的墳塚一樣整齊、漂亮。我看著他就像看著路標，跟著他一路前行。

黎明破曉，我和王香值完夜班，並肩走回軍營。為了讓交班回來的人睡覺，玻璃窗上都貼著黑色的遮光紙。有別於明亮的室外，貨櫃屋裡仍像夜晚一樣黑暗。我們叫醒負責白天巡邏的隊員後，走到隔壁的貨櫃屋洗澡，洗完澡回來，屋子裡已經空無一人了。我和王香穿著內褲，坐在各自的床上，一邊吹著空調，一邊按摩腫脹的小腿。我為了避免自己下意識的盯著王香的胯下，只得故意轉過頭。王香用平淡的聲音對我說：

「其實，今天是我爸的忌日。」

「他過世了？什麼時候？」

「我不知道他是不是真的死了，但法律上是這樣的。五年前，他失蹤了。法院宣告的失蹤日期是今天，所以文件上的死亡日期也是今天。」

「他怎麼會失蹤呢？」

「六年前，公司拓展建築業，派他去沙烏地阿拉伯。出差六個月的時間，突然有一天，公司打電話來說他失蹤了。他的物品和護照都還在房間裡，所以大家都覺得他被綁架或是出了意外。但我覺得不是，他應該還活著，而且躲了起來。」

「為什麼？」

「第六感。因為他回韓國很快就會被解僱。那個年紀被派出國就等於是降職。他是一個自尊心很強的人。與其被公司解僱，他應該會選擇躲起來。我所了解的父親就是一個自尊心很強、重視名譽、寧願逃走也不肯面對丟臉現實的中年男人。而且他對自由有一種奇怪的憧憬，就是那種上了年紀的大叔們特有的天真爛漫。很搞笑的是，非要我這個獨生子搞藝術，也是出於這種原因。真不知道他是活得有多鬱悶才這樣。」

「肯定是跟中東的女人出軌了，不然解釋不通啊。」

「那可真是萬幸。」

「抱歉，我開玩笑的。」

「不，我是認真的。我希望他還活著。他失蹤以後，我一看存摺，一分錢也沒有。我學現代舞後把他的錢都揮霍光了，他自己也花了不少錢。他自始至終都是一個隨心所欲的人。」

「原來如此。所以你才來伊拉克？因為這裡離他失蹤的地方很近？」

「不，不全是因為他，他又不是在伊拉克失蹤的。」

「也是。」

「話說回來，他真的死了嗎？」

王香露出等待鍋裡的水燒開的表情，默默地凝視著虛空。我不知道該說什麼，只好安靜地坐在那裡。王香的眼眶濕潤了，我下意識地把手伸到他的臉龐，擦了一下他的眼角問道：「你還好吧？」王香一臉驚訝，看著我說：

「過敏啦。」

我尷尬地乾咳了一聲。王香把手放在我的肩膀上說：

「平時覺得你很欠揍，但偶爾也有可愛的時候。」

我的心怦怦直跳。我悄悄移動了一下身體，擔心他放在我肩膀上的手會感受到我的心跳。王香靠近我，貼著我的耳朵問道：「你可以幫我保守一個祕密嗎？」我的雙頰越來越燙，獨自沉浸在ＢＬ的劇情發展中：其實，我一直很喜歡你，這種感覺有生以來還是第一次。我努力維持平常心，問他是什麼祕密？

「我們喝點酒吧？」

王香丟下失望至極的我，走到置物櫃前，翻了半天置物櫃，取出一個容量一升的寶特瓶，裡面是泡製酒用的燒酒。

「我和送物資的人偷偷買的。」

王香叫我對其他人保密：「這一瓶根本不夠五個人喝。」雖然我很沮喪，但更無法拒絕忍了三個月的酒，於是我在送上很異性戀的讚詞「王大哥，我愛你」之後，給了他一個溫暖的抱抱。我們取來零食，喝起了酒。

足足忍了一百天的酒，喝得非常開心。我越喝越開心，越開心喝得越多，王香也和我一樣。臉頰紅潤、咧嘴傻笑的王香，看上去非常幸福，也很可愛。一瓶酒眼看就要見底了，不時傻笑的我們也漸漸陷入了悲傷。我還是第一次感受到以秒為單位的心情起伏，把這種感覺理解為醉意。喝得神智不清的人不只我，王香也酩酊大醉。他猛地抱住我，我也緊緊地摟住他。我們二話不說，親吻起對方。

睜開眼睛的時候，我們並肩躺在單人床上。王香先放開了緊握的手，把頭轉向另一邊。他似乎感到很混亂，說完「我沒有想這樣」以後，又堅定地補充了一句：

「我不是那種人。」

「那種人是什麼人？」

「我不喜歡男人。我想都沒想過。這是失誤。」

王香的心情似乎十分混亂。他說對同性戀沒有偏見，說自己是一個非常普通的男人，入伍前也有女朋友。他的語氣就像是在說服自己，而且把我當成了隱形人。王香說要去洗澡，走了出去。我起身看著我們剛才躺過的床，嘴裡還留有香奈兒香水苦澀的味道。

那天之後，王香就像之前一樣對我笑臉相迎，還會摸我的頭，和我勾肩搭背。但當我主動握他的手或靠近他時，他就會全身僵住，立刻躲閃。看著王香筆挺的背影，我不禁覺得他正在漸漸與我保持距離。儘管如此，我的視線還是不由自主地追隨著他。我偷偷地觀察他，進而發現了更多關於他的事。陽光耀眼時，他瞇起左眼的樣子，露在襯衫外那曬黑的脖子，捲起袖子時手臂上血管的顏色和微笑時凸起的顴骨。每當這時，我的表情、態度和全身就會散發出對他的好感，就像煮好米飯的電鍋噴出的飯香一樣。

有時，這種感情會失控，特別是只有兩個人的時候，最危險。

那天晚上，我們回到宿舍，躺在各自的床上。王香和往常一樣，洗完澡，躺在床上，很快就打呼睡著了。他身上散發的香水味不斷刺激著我的嗅覺。我翻來覆去，不斷更換枕頭的位置，但就是睡不著。我坐了起來，心跳聲極大，蓋過了王香的呼吸聲。我站起身，躡手躡腳走到王香的床邊。從窗縫照進來的一絲光亮落在王香的臉上。看著緊鎖眉頭，蜷縮著身體的王香，我彷彿看到了自己。我靠近他，仔細觀察他的五官，細細端詳他一直躲閃我的臉龐。濃密的睫毛、高挺的鼻梁、凸出的顴骨和嘴唇。我把嘴唇貼在他微微張開的雙唇上，每當他呼吸時，我的嘴唇都會感受到一股熱氣。我把手伸進他的短褲裡，握住了他的性器。我的鼻息變得急促，不得不屏住呼吸。我的掌心感受到了他漸漸變大、變熱的性器，指尖也感受到了不知是誰的劇烈心跳。王香的呼吸停止了。我趕快抽回手，站了起來。王香的眼皮微微顫抖。我推開宿舍的門，跑了出去。

我只顧一路狂奔，根本不知要跑去何方，每邁出一步都覺得自己越陷越深。沙塵飛揚，模糊了我的視線，但我沒有停下來。我必須逃離，逃離宰桐部隊，逃離伊拉克，逃到再也見不到他的地方。我想逃離不停想著他的自己，但這是不可能的事。我跑到雙腿失去力量，跪在地上。我跌倒在地，躺在沙地上，兩行淚沿著臉頰流淌而下。那是為我自己而流的、自我厭惡的眼淚。

我拖著膝蓋流血的雙腿走回營區，王香捲起我的褲腳，幫我在傷口上塗了藥膏。他跪坐在地上幫我消毒傷口，我無法直視他的臉。如果他對我視而不見，我心裡可能還會好受一些。但，為什麼他又要這樣呢？他是不是知道我剛才做了什麼？就在我胡思亂想的時候，王香把OK繃貼在我的傷口上，在我的腳踝噴了止痛噴霧。他的手和我的身體散發著相同的藥膏味。那天是唯一的一天——我們身上散發著相同的味道。

打了半天盹，醒來時，電影已步入了尾聲。我坐直身子，語氣誇張的台詞傳入耳中。

「允熙，一切都太遲了嗎？真的無法挽回了嗎？」

「所有的一切，一旦醒悟，便知為時已晚。」

男人走出房間，女人推開閣樓的窗戶，窗外可以看到徐徐升起的太陽。

片尾字幕跑完後，燈亮了。王香身穿無袖T恤，胸口上沾著我的口水，他拽拽走了形的T恤，從包包裡取出濕紙巾用力擦了幾下胸口。我做出請求原諒的手勢，說了聲抱歉。大事不妙。我沒有認真看電影，根本不知道該問什麼。我趕快向王香詢問故事簡介和觀後感，王香愣愣地盯著大銀幕，眼神略帶傷感地說：

「這部電影講述了一個女人未能實現的愛情故事。」

每次王香沉醉於自己的感情世界發表見解時，我都會萌生揍他一頓的衝動。關於這部以哄睡觀眾為目的的電影，我到底該問什麼呢？就讓它沉睡在經典老電影的資料庫裡不好嗎？就在這時，工作人員把一張桌子和兩把椅子搬到了台上，站在一旁的美子擠眉弄眼要我過去。丹尼爾．吳走上台時，一些觀眾發出輕微的尖叫聲。美子遞給我兩張A4紙的流程表，我大致看了一眼，上面寫了一堆既老套又膚淺的問題，比起電影，大部分都是關於社群媒體紅人吳導演的問題。很明顯，我就是一個陪襯。我很想轉身走人，但為時已晚。我接過麥克風，擠出商業式的笑容，走上舞台。我和吳導演並肩站在台上，觀眾的視線聚集在我們身上。

「讓我們歡迎以社群媒體紅人的身分，迎來人生第二全盛時代的吳導演。」

觀眾的掌聲熱烈響起，吳導演起身行禮，又坐回椅子。吳導演翹起二郎腿，拿起麥克風的動作十分自然，也很有明星風範，但也十分惹人討厭。我也挺直腰板，為了讓自己的臉看起來比吳導演的臉小，盡量把身體往後挪了挪。我機械式地朗讀了一遍流程表最上方的一行問題：

「您之前在訪談中提到，這部電影是您最喜歡的作品，請問理由是什麼呢？」

「不輕易探討人類與感情，而是非常細膩且小心翼翼地描述，透過看似毫無意義的對話，實則努力逐漸接近主題——這一點讓我頗為感動。我覺得透過這些細節，展現了人物人生的多面性，也讓人物擁有了豐富的人生紋理。我在創作的時候也會努力展現出這些細節。」

「這似乎跟你的電影剛好相反吧……」

沒想到我自言自語的一句話被在場的人聽到，一些觀眾還笑了出來。吳導演用略帶驚慌的語氣解釋說：

「是嗎？我覺得自己為了展現這些細節頗為努力。」

「您最新的作品就很直接吧？可以說，把電影拍得很簡單？啊，大家不要誤會。不管怎麼說，故事一旦集中在敘事上，自然就會忽略人物。吳導演的電影速度進行得很快，很有意思，所以才會給人這種感覺。」

這些話是六年前他針對我的電影發表的見解。吳導演回了一句：「的確會有人這樣覺得。」然後擠出一臉好人的微笑。但我看到他的嘴角微妙地抽動了一下。我又接連問了幾個流程表上可有可無的問題，吳導演以他特有的說教語氣做出回答。有別於吳導演社群媒體上詼諧幽默的文字風格，觀眾對他現實中的陳腔濫調多少感到不耐煩。我也覺得很無聊，所以咬緊牙關，忍著不打呵欠。美子讀書時也不是這種人，難道她是被社會的官僚化馴服，所以選了這麼多古板無聊的問題？我朗讀著最後一個問題：

「對您而言，何謂藝術呢？創作又意味著什麼呢？」

吳導演深思熟慮了片刻，用他特有的深沉語氣回答道：

「自慰。」

吳導演終於使出了他的殺手鐧——胡言亂語。一些觀眾就像打噴嚏似的笑了出來。吳導演假裝不在意觀眾們的反應，用極具戲劇性的語氣補充道：

「有些自慰是有紀錄價值的。」

吳導演針對自慰行為與創作的共通點以及何謂有紀錄價值的自慰行為，開始發出長篇大論。他的藝術觀根本沒什麼了不起。簡單來講就是——如果他堅稱是藝術，那麼拉屎也是一種藝術行為。藝術與人類的關係，經驗與作品的交流……隨著吳導演越來越囉嗦的敘述，觀眾開始陸續離席。即便感覺永遠也不會結束的漫長且無聊的問答終於結束，距離座談結束卻仍有二十分鐘。接下來，我必須絞盡腦汁想出問題。我假裝在看流程表，偷偷地用手機搜尋了一下吳導演的名字。

吳導演最近的作品是兩年前上映的《救贖》。我記得當時電影剛上映，就非法下載看了一遍。那是一部在典型韓國式新派文法中加入兒童性暴力素材的電影。看到他在電影中利用和消費社會弱勢群體，六年前觀看他拍的酷兒電影所感受到的不快不禁再度浮現。還有一篇他最近出任進步政黨倫理人權委員會委員的報導新聞。任命他的理由是：他以溫暖的視角拍攝了關於少數族群的電影。溫暖的視角，開什麼玩笑？最近的報導則沒有一篇與電影有關，都是一些他與男團成員P是同性戀的八卦新聞。

我看著一臉得意洋洋坐在那裡的吳導演，小心翼翼地問了一個他與P緋聞的問題。聽到P的名字，在場觀眾發出尖叫聲。吳導演狡猾地轉移話題，評論起P所屬男團最近發表的新單曲。我比任何人都清楚，他不是同性戀，他是為了人氣在暗中利用與P交往的緋聞。吳導演就是這種人，他是這世上最會利用同性戀的異性戀。我抱著不能認輸的心態窮追不捨地問他：和P第一次相遇是什麼時候？是否經常見面？見面的時候都做什麼、聊什麼？我的語音剛落，台下的觀眾也立刻一陣騷動。吳導演顯得有些驚慌失措，斷然拒絕回覆，表示不應該在公開場合談論私生活。他的語氣雖然堅定，但眼神卻不由自主地四處游移。朴美子坐在最前排，臉上的表情也漸漸僵住。就在我苦惱接下來還能問什麼的時候，看到桌子上擺著吳導演社群媒體的名言集（電影公司準備的贈品）。我把名言集遞給他，請他朗讀一句自己最喜歡的句子。吳導演一臉嚴肅地說：

「手心手背都是肉，只選一句太難了。」

「就算是這樣，也還是請您選擇一句最有紀錄意義的自慰句子吧。」

「我不是作家，也不是演員，所以不擅長朗讀。」

思前想後的吳導演翻到最後一頁，像莎士比亞悲劇中的主角一樣，用悲壯且低八度的聲音朗讀起來。對於自認不擅長朗讀的人而言，這種腔調太過戲劇了。

「有時，某種凹陷的乳頭會讓我發瘋……」

我的笑聲透過麥克風傳了出去，揚聲器頓時發出高音噪音。我關掉麥克風，轉過頭。他是國中生嗎？明明一把年紀，都快能當國中生的家長了。為了不讓自己笑到聳肩，我強忍住笑意。由於全身過於用力，不禁感覺到自己血壓飆升。

座談結束後，我也沒有離開座位，幾個吳導演的粉絲為了要簽名也跑上台來。身為吳導演的陪襯角色，我盡職盡責地接過粉絲遞上的鮮花和禮物，整整齊齊擺在桌子上，為了方便吳導演簽名，我還在桌上墊了一張紙。最後一位女粉絲等吳導演在書上簽完名，還大發善心請我在皺巴巴的收據也簽了名。我對著女粉絲的後腦勺鞠躬，說了聲：「非常感謝。」

聚餐地點選在電影院附近的生魚片店。我們一邊吃著鰈魚生魚片和生魷魚，一邊喝著燒酒。醉意來襲，我套用吳導演的話大喊道：「有些魷魚的死是有紀錄價值的自慰。」在場的人只有吳導演沒笑，反倒紅著臉問我：

「朴導演最近都在做什麼啊？Naver上也搜尋不到你，只有同名的擊劍選手。」

「我在構思瘋狂的人們喝酒的故事，就像現在這樣！」

吳導演倒了杯水，喝了一口，瞪著我說：

「我怎麼都沒見過你拍電影呢？」

「劇本還在構思中。」

「構思花了六年？」

「我可不想和某人一樣急於求成，拍出那種遭人唾棄的爛片。」

坐在一旁的朴美子見狀立即斟滿酒杯插嘴道：

「哎喲，兩位大導演，好久不見，聊得真開心啊，還提起過去的事了。」

不愧是具有社會資歷六年的人士，態度如此成熟。我沒說什麼，飲了一杯酒。吳導演也不甘示弱，清空了酒杯。

「朴導演一點都沒變，酒品還是老樣子。」

「吳導演的變化可就大了，連名字都改了（還有髮量和皺紋）。」

「人都會變的，而且應該改變。」

他上輩子是私塾的老先生嗎？用文雅的語氣講一些陳腔濫調教育別人的性格一點也沒變。我感到臉頰火辣辣地發燙。我為吳導演的杯子斟滿酒，六年前那天的憤怒正悄悄探出頭來。

▽

那天，我們在江原道華川區的一間大型炭烤排骨店，舉辦了第一屆多元化人權電影節的聚餐活動。但沒過多久，排骨店就變成了踐踏人權的地方。

美子離開劇組六個月後，打了通電話來，就像什麼事也沒有發生似的詢問我的近況，還提到自己剛結束輾轉全國分店接受新人教育的事。雖然美子沒說什麼，但也許是出於無情地離開劇組而心生的愧疚之情，她後來幫我報名了所有地球上的電影節。經過屢次失敗，我的電影作品竟奇蹟般的入圍了江原道主辦的新生電影節決選，（當然）最後還是一場空。

我和美子原本打算閉幕式結束後，立即搭火車返回首爾。但她的朋友策展人Q對我們說，大家會在電影院附近的餐廳聚餐，可以過來喝點免費的酒水。我們有生以來從未拒絕過免費酒水，所以理所當然地接受了他的邀請。

餐廳通風不好，煙霧繚繞。我、吳導演、朴美子和擔任評審委員的資深電影評論家金、導演R和策展人Q，圍坐在同一張桌子前。除了我和朴美子，在座的其他人似乎都認識彼此。我們就像靜物一樣坐在那裡，一杯杯接過別人倒的酒喝下去。評論家金喝得面紅耳赤，安慰我說道：

「朴導演，你也別太難過，你相當於拿了二等獎。如果是在坎城，等於是拿了銀熊獎。」

「啊，是喔（銀熊獎是柏林），謝謝。」

策展人Q用和藹的語氣補充道：

「金老師說的沒錯。我們的電影節預算少，要是有錢的話，就頒獎給朴導演了。我看朴導演的電影看得都哭了。」

「啊，謝謝欣賞。」

導演R把手放在吳導演的肩膀上說：

「我們吳導演得獎是實至名歸。這次真是拍了部像樣的作品。」

爛作品也是作品。當時獲得首獎的吳導演的電影可謂是爛片中的爛片。電影講述一個單純的男人邂逅同性戀，在一場禽獸般的性交後陷入自我認同的大混亂。雖然男人掏心掏肺付出真情，但（當然）只被對方當作性對象利用。最終戀愛失敗的男人徹底墮落，開始在酒吧賣身，與陌生的男人進行禽獸般的性交，不幸又遭到異性戀男子輪姦（嗯哼），最終選擇自殺。看完電影，我百分之百確信吳導演是一個異性戀。異性戀導演們拍攝的同性戀床戲，無一例外，過度晃動臀部，再不然就是拍出令人作噁的吻戲，不知道是在接吻還是互往臉上抹唾液。吳導演的電影就是這樣。主角們甚至激戰到了一半還哭了！喂！喜歡和男人做愛，甚至不惜遭受世人唾棄，高興都來不及了，哭個屁啊？看完吳導演的電影，我不但十分肯定他是異性戀，甚至懷疑他根本沒有性經驗。他的電影過度消費了性少數者，充滿了八〇年代對於酷兒題材的偏見。評論家金的評語寫道，吳導演的電影深刻地刻劃性少數族群的痛苦，是一部將同性戀之愛提升至普通人之愛的傑作。他們都非常清楚普通人是指誰，以及他們心中的普通人之愛意味著什麼。但同性戀的愛情又有什麼特別之處呢？就連身為同性戀的我都不知道。總之，只要牽扯到異性戀，就會搞砸所有的事。

「我不是說朴導演的作品不好，但怎麼說呢？就是覺得有點不切實際。」

「嗯？突然說這種話是什麼意思？（電影跟日記差不多啊）」

「喂，你想一想。主角的形象都太正向了，一點深度都沒有。」

「深度？」

「嗯，雖然人物都堅稱自己是同性戀，但心裡沒有一口深井——這怎麼可能呢？」

「這（屁）話是什麼意思？」

「雖然不知道朴導演這一代人怎麼想，但我們這代人都覺得，毫無痛苦地接受自己是同性戀——這件事很奇怪，也很不自然。你不覺得這太天真了嗎？被社會孤立的少數人怎麼會用那種語氣講話呢？」

安靜坐在一旁的策展人Q，此刻親切地插嘴說道：

「沒錯，我也是這種感覺，而且，朴導演電影裡的同志，感覺就像痴迷於性愛一樣，你不會覺得床戲太多了嗎？」

「你們看異性戀出軌的電影，怎麼不會覺得床戲多呢？」

「朴導演，別不高興，你聽我解釋。你的電影缺少特色，像酷兒的特色。怎麼說呢？感覺你對同性戀的反思還不夠深刻？一群年輕人出來喝酒、跳舞，然後發生性關係，這和普通人談戀愛毫無差別嘛。」

他一直強調特色，我還以為是什麼了不起的見解呢。他到底期待什麼呢？我強忍住內心的怒火回答：

「你們都很懂電影嘛。沒錯，我就是想拍一部描寫年輕人酒後做愛的電影。」

「既然是這樣，為什麼要拍酷兒電影？趕流行啊？」

「我拍的不是酷兒電影，只是愛情電影。」

「朴導演，你可真是——該說你樸實呢，還是冒失呢？你這是在消費性少數族群，這樣拍電影充其量就只是冒牌的洪常秀[22]而已。」

按照他的邏輯，想要讓同志在電影中登場，就必須存在可以說服普通人的、致命性的「特色」。而且如果主角們喝酒、發生性關係，就等於是抄襲洪常秀。我抄襲洪常秀？洪常秀的電影哪一部沒有女人登場的？按照這種邏輯，斷手斷腳就是抄襲金基德[23]，站在漂亮的壁紙前殺人就是模仿朴贊郁[24]？這些人根本不想從他們自己的世界走出來。除了洪常秀，他們還看過什麼電影嗎？他們知道什麼是性少數族群嗎？怎麼可能知道。在他們眼裡，性少數族群就只是另類且不幸、做著詭異性交的一群人。既平凡又陽光的同性戀都是虛構的、不現實的。在他們的意識裡，根本就沒有想過同性戀也是普通人。我的雙眼充血，連喝了幾杯酒。朴美子緊緊抓住我的手臂，暗示我不要再喝了。越是有人阻止，我越是不受控。我把剩餘的燒酒倒入口中，大喊道：

「這世上拍醉酒吵架的電影都是抄襲洪常秀嗎？」

「哎喲，你幹什麼這麼興奮呢？喝酒、吵架、搞外遇那點事不是都被洪常秀拍了嗎？朴導演，你是覺得自己的電影比洪常秀更優秀嗎？」

吳導演插話道：

「喂，朴導演。金老師的意思是說你的電影太過單純，拍得太簡單了。明白了嗎？」

「你說什麼？你的意思是說我隨隨便便就拍了一部電影？」

「隨便不隨便我不知道，但確實拍得很單純。同性戀的角色那麼活潑開朗，而且若無其事地接受自己是同性戀的事實，也未免太不自然了吧。你有搞清楚這種題材嗎？」

「那吳導演的意思是，你很了解同性戀囉？你見過同性戀嗎？」

「當然。為了拍這部電影，我不只在同志酒吧打工，還做了徹底的調查，所以他們活得有多空虛、痛苦，我很清楚。他們天天喝酒、嗑藥、跟陌生的男人上床，最後染病，簡直痛苦死了。如果你了解這些內幕，就不會拍出那種有說有笑、天真爛漫的電影了！」

22 編註：一九六一年出生於首爾，知名電影導演，幾乎所有電影作品皆入圍國際影展，主題通常是男女之間的愛情，場景多在日常生活中的場域如街道、咖啡店、飯店、學校與住宅，角色多半是在城市遊走、喝燒酒與做愛。

23 編註：一九六〇年～二〇二〇年，知名導演及編劇。電影風格獨特，在國際間享有盛名，作品曾獲坎城「一種注目」大獎、威尼斯最佳影片金獅獎和柏林最佳導演銀熊獎。

24 編註：一九六三年出生於首爾，知名導演及編劇，以電影《分手的決心》獲坎城影展導演獎。

「拜託你閉嘴吧！」

「你說什麼？」

「幹，我他媽叫你閉嘴！」

「你罵誰呢？你這個死小子！」

我已經不記得是誰掀的桌子了。瞬間，聚餐亂成了一團，我和吳導演大打出手，最後才被人拉開。評審委員金還威脅說要讓我徹底退出電影圈。

那天晚上，我被朴美子拉出門的時候連聲大喊：「我絕不認輸。」我在心裡下定決心，一定要透過作品證明自己。那些人越是口無遮攔，我越是要成為具有權威的大人物。決心瓦解是瞬間的事。無需評論家金費心把我趕出電影圈，我自己就先崩潰了。那天之後，不要說拍酷兒電影，我連劇本都寫不出來，甚至無法想像我最初拍過電影，徹底淡出了電影圈。我就像根本不屬於這一行業的人，很自然地消失了。

也許我早就做好了隨時自毀的準備。我毫無根據的自信滋養出不切實際的夢想、希望和氣勢洶湧的能量。

當初最糟糕的選擇拼湊出了現在的我，成就了我尚未生長就徹底枯竭的創作力、勉強維持的最低時薪，和在非法網站搜尋「貪圖沉睡的肌肉青年」的三十幾歲的人生。

吳導演趴在桌上，空盤子上都是從他頭頂掉下來的髮粉。

無論是酒量還是髮量，我都贏他了，但我一點也不開心。吳導演趴在桌上，嘀咕著要去參加環保電影節。王香原本安靜坐在一旁喝酒，此刻醉醺醺地說：

「你說的沒錯，這傢伙不是同志，同志的酒量不可能這麼差。」

香奈兒喝醉了，我連忙捂住他的嘴。王香平時就非常討厭酒量差的人。營業時間快結束了，店員開始打掃餐廳，我們趕快把剩餘的兩瓶燒酒喝完。朴美子從錢包裡抽出三萬韓元，要我送吳導演搭計程車。我把錢塞進自己的口袋，拿出手機點開叫車軟體。吳導演住在江南區驛三洞，但我在目的地欄中輸入的地址是一間位於江原道華川的燒肉店，計程車的等級也選了一輛符合吳導演品味的黑色模範計程車。不到三十秒，一輛賓士就接了這筆訂單。美子站在收銀台前還在找信用卡，我的手機就顯示賓士到了。我和王香趕快攙扶吳導演走出餐廳。在從中國飄來的粉塵籠罩下，路燈的燈光顯得一片灰濛。王香有過敏性鼻炎，每次一打噴嚏，吳導演的身體就會歪向我這邊。走到十字路口後，我們就像拋行李一樣把吳導演丟上車。司機一臉懷疑地問道：

「是去江原道的客人吧？」

「嗯嗯，是的。請安全地把他送到華川，車資會用信用卡支付。」

我關上車門，黑色的賓士很快消失不見。

「掰掰，丹尼爾・吳——不，是吳忠植。」

付完錢的美子搖搖晃晃地朝我們走來，她把揉皺的收據塞進手提包，說老公催她趕快回家。我們還沒來得及勸阻，美子就大步走到路邊準備叫計程車了。我趕快抓住美子的肩膀。老公催她回家？一看就知道她在說謊。她很明顯地只想趕快和我們分開。我太了解她的性格了。每次一到關鍵時刻，她都這麼不講義氣。喝醉的我莫名覺得心裡很不是滋味，抓著她的肩膀哀求道：

「不要走，拜託。」

「我又不是去死。下次見面再喝吧。」

「上次妳也是這麼說。說好會來，結果也沒來。說好了我們永遠在一起，結果只剩下我一個人。」

美子愣在原地看著我。遇事從不驚慌的美子，眼神出現了動搖。

我的畢業作品，也就是第一部長片電影——拍到第十五場戲的那天，美子為劇組人員和演員買了麥當勞的漢堡。

「妳不是說我們沒錢嗎？怎麼有錢買美製的漢堡啊？哈。」

我是在開玩笑，但美子沒笑，還用哽咽的聲音大喊道：

「沒有錢買套餐，只買了漢堡，而且還是最便宜的。不買套餐，就沒有折扣，我求了人家多久，你知道嗎？你什麼都不知道，你就只知道你自己。」

美子把雙手提著的漢堡扔在地上，彷彿劃下句點似的毅然決然地對我說：

「這電影是拍不出來的，也不可能拍出來，絕對拍不出來。」

就這樣，美子離開了劇組。不光是我和美子，所有人都知道，根本不可能用兩千萬韓元的預算拍出長片電影。因為製作費的關係，我無法準時支付工作人員和演員薪水，而且拍攝行程排得過緊，幾乎半個月都是天天熬夜趕工。由此而來的不滿與抱怨，全靠美子一個人調節和消化。我知道是我的野心破壞了我們的關係，但當時的我已經變成了煞不住車的火車頭。只要能完成電影，付出任何代價也在所不惜。就這樣，直到完成拍攝進行剪接，美子也沒有回來。

王香挽著美子的手臂說：

「是啊，美子，美子，聽說妳的酒量很好，再和我們喝一杯嘛。」

「你也早點回去吧，明天還要上班呢。」

「上班？我已經遊手好閒一年多了。煩死了。再喝一杯吧。」

「抱歉，下次吧。我真的得回家。我已經醉了。」

王香突然衝著美子謾罵道：

「妳以為我們一直喝是因為沒醉嗎？我們都靠意志撐著呢。你們這些異性戀的意志也太脆弱了吧。剛才那個自稱導演的混蛋兩三杯就倒下了，妳這麼清醒還非要回家。從今天開始，我要反對異性戀。你們動不動就要回家，生一堆醜孩子。我堅決反對醜陋骯髒的異性戀。」

大事不妙，但為時已晚。美子甩開王香的手說：

「是，生而為異性戀，我很抱歉。異性戀的我也想生一個和我一樣的醜孩子！」

美子因為不孕已經看了兩年婦產科，而且不久前才流產，情緒也很不穩定。王香一把抱住哭哭啼啼的美子，兩個人緊緊抱在一起哭得悲傷不已，看上去就像百年重逢的離散家族。此情此景讓我瞬間清醒。意識到事態嚴重，我趕快攔了一輛計程車，硬是拉開好似磁鐵般抱在一起的兩個人，把搖搖晃晃的美子送上車。王香衝著開走的計程車大吼大叫：

「美子，妳去哪裡？快回來請我喝酒，請我喝酒啊，媽的……」

王香發酒瘋的主要行為是侮辱人格、辱罵和胡言亂語。我用力拍了一下王香的背。

「你這個白痴，我不是跟你說過美子不孕的事嗎？為什麼突然提生孩子的事？提什麼異性戀？你瘋了是吧？」

「美子是異性戀，異性戀當然要生孩子了，我們又生不出來。」

起來。

「閉嘴吧。」

王香露出沮喪的表情，彎腰看著地面。我轉頭抽菸，沒再理他。王香寬厚的肩膀抖了

「我又把事情搞砸了，都是我不好，我就是白痴。」

我熄滅菸蒂，扶起王香，擦去掛在他臉上的淚水。

「王香，怎麼了？是我不好。對不起。別哭了。」

「是喔？那我們去唱歌吧？」

王香笑咪咪地領路走在前面。難道是汗水，不是淚水？我覺得被騙了。無論是從前還是現在，王香都很會利用我的弱點。我明天還要上班，但隨便了。

每走一步，都會感受到空氣中的粉塵粒子黏在皮膚上。我們走在好似九宮格便當盒般整齊的P市街道，尋找著KTV。但走了半天也沒有找到，更不幸的是，讓我們笑容滿面的酒意正在散去。我們無法忍受清醒，走進便利商店，買了蛋白質豐富的明太魚乾（熱愛運動的王香永遠的首選）和五瓶燒酒，藏在王香奈兒超大的健身包裡。健身包就像行軍時的背包一樣重，我們各自抓起一邊的把手。

又走了五分鐘，眼前出現了好似海市蜃樓般的娛樂商街。世界盃KTV和香奈兒KTV的招牌並排掛在一起，我們毫不猶豫地選擇了香奈兒KTV。這並非因為王香是香

奈兒的狂粉，而是兩者放在一起任誰都會選香奈兒。吳忠植絕對不了解同志們的日常生活。我和王香用力推開香奈兒KTV不透明的玻璃門，走了進去。

店內的氣氛彷彿穿越時空，紅藍色的燈光絢麗奪目。站在櫃檯前的老闆娘貼著長長的假睫毛，好像還做了補脂手術，難以估測年紀。

「兩位老闆，不需要酒水嗎？」

我們為了掩飾醉意，盡量口齒清晰地回答說，我們只是來唱歌的。老闆娘再三追問，兩個男人來唱歌怎麼能不喝酒？沒有其他需要嗎？我和王香搖了搖頭。老闆娘一臉不情願地接過我遞出的三萬韓元。那是美子給吳導演的計程車費。雖然KTV的規模很小，但服務生都很忙碌。我們閃躲著走來走去的服務生，進入了七號包廂。

我把燒酒倒入在便利商店買的紙杯裡，撕下一塊明太魚乾，將整杯燒酒一飲而盡。面紅耳赤的王香選了一首百名少女高喊「選我、選我」的歌，悲傷地唱了起來。隨著激烈的電子音響起，我和王香並排跳起了群舞。王香跳著充滿力量的舞蹈，臉上一直掛著笑容，他的樣子看上去比任何人都專業。難道這就是空服員每天練習兩小時微笑的結果嗎？我肅然起敬地看著王香，模仿著他的樣子。他的舞姿就像撲火的飛蛾，像是垂死的舞者散發著淒涼、悲傷之美。如果我是評審，一定會選王香。歌曲結束時，王香已經汗流浹背，卻依然精力充沛接連點了好幾首歌。畫面中依次出現Untitle[25]、蔡貞安、FIN.K.L[26]和Turbo的歌。真不愧是跨越性別與音域界限的流行歌辭典王香的選歌。

唱了二十多首歌，時間轉眼就結束了。這間ＫＴＶ非但不送加時，甚至根本沒滿一小時。王香指著手錶說：

「我很肯定，他們少給了我們三分鐘。我們只唱了五十七分鐘。我有計時。」

我突然想起，之前聽說有些ＫＴＶ會為了計時而非法改造機器。沒想到這是真的。我把手中的手搖鈴摔在地上。

「就因為我們沒叫傳播妹？」

「不買春就如此怠慢我們？異性戀真是可惡，全部去死吧。」

王香氣得直發抖，突然下定決心似的起身，抓起無線麥克風塞進自己的健身包裡。我噗嗤笑了出來。接下來，輪到我們同性戀給你們好看了。我和王香爭先恐後地抓起另一支麥克風、鐵製菸灰缸、電子手搖鈴和空了的燒酒瓶塞進包裡。拉上拉鏈後，王香彎腰揹起健身包。我們做了一個深呼吸，倒數三聲，用力推開房門，盯著地面經過櫃檯，服務生都

25 編註：一九九六年成立的韓國嘻哈音樂雙人組。
26 編註：一九九八年出道的韓國女子流行音樂團體。

假裝沒看到我們。我們推開玻璃門，門鈴響了，我們立即沿著樓梯往外跑。王香銜著香奈兒ＫＴＶ的玻璃門大喊：「你們這些王八蛋！」我們呵呵笑著就轉身跑走了。

我們邁著高傲的步伐，漫步在路燈亮起的Ｐ市。興奮的王香從健身包裡取出一支無線麥克風。麥克風上歪斜地貼著一張香奈兒ＫＴＶ的貼紙，看來有很多和我們一樣偷麥克風的人。

「他們是國小生嗎？貼這種貼紙。神經病！」

王香用指甲刮下貼紙。我們莫名的更開心了。我搶下王香手中的麥克風，用手機播放歌曲，依次唱了Kara、Deux和徐志源[27]的歌。無論我播放什麼歌，王香都能跳出相應歌曲的舞蹈。下一首歌是劉彩英[28]的〈Emotion〉。這是我和王香最喜歡的舞曲。王香銜著我尖叫道：「怎麼這麼開心啊？劉彩英才是最棒的歌手！」他奪走麥克風高唱了起來：「我不知道愛一個人的方法。」也許是空氣汙染嚴重，才唱了一小段嗓子就啞了。王香唱到高潮時，掉了幾滴眼淚。

「媽的，怎麼都死了？」

我的眼眶也紅了。我趁機也跟著王香痛快哭了一場。哭累了的王香又把麥克風還給我，我順手把麥克風丟進停在路邊的腳踏車籃子裡。報復可惡的香奈兒ＫＴＶ老闆娘的快感很短暫，開心的感覺瞬間消失，隨即而來的是疲憊。我們的腳步變得越來越沉重。凌晨三點四十六分，駛往首爾的大眾交通工具還沒有開始營運。王香說背包太重了，我取出空酒瓶，全部扔在路邊的花圃裡。酒瓶破碎的聲音傳來，但我們再也開心不起來了。

「喂，你不餓嗎？」

「嗯，餓，我們去喝醒酒湯吧。」

我們就像朝聖者般走在粉塵繚繞的大街上，稍後發現了遠處海市蜃樓般的招牌——碧昂絲血腸湯飯。我和王香二話不說奔向湯飯店。

湯飯店結合傳統韓屋及現代元素的裝潢十分特別。凌晨時分，店裡十分冷清。角落處，一個手臂上都是刺青的大頭男人獨自喝著酒。我們坐在店中央的位置，點了一碗特大血腸湯飯和一盤血腸拼盤。出於空虛，我又點了兩瓶燒酒。把米飯泡在湯裡和燒酒一起吃下，酒勁很快上來，心情又莫名變好了。剛好這時店裡響起了碧昂絲的歌。王香從包裡取出無線麥克風，撕下貼紙。我笑嘻嘻地接過麥克風，對著嘴型唱起碧昂絲的歌。正當我沉

27 編註：Kara是二〇〇七年出道的韓國女子團體，徐志源則是一九七六年出生的知名歌手，於一九九六年輕生離世。

28 編註：一九七三年～二〇一四年，韓國知名歌手、演員。

醉在歌聲中，有人一把搶走了麥克風。我抬頭一看，那個一身刺青、頭很大的男人正凶神惡煞地看著我。

「這是香奈兒的麥克風吧？」

店裡一片寂靜。我趕快抬頭環視了一圈天花板，毫無死角，兩台監視器足以一目了然地拍下從門口到我們這張桌子整個空間。證據確鑿。但我仍一臉若無其事的表情，看著他說：「我不知道你在說什麼。」王香也用比誰都清白的表情看著男人。

「沒錯，這是香奈兒的麥克風。我看到你撕下貼紙了。這是竊盜，你們知道嗎？」

男人揚起一邊嘴角，打電話說：

「老闆娘，找到我們的麥克風了。我在碧昂絲，妳趕快過來。」

像駱駝一樣貼著假睫毛的香奈兒老闆娘趕到碧昂絲血腸湯飯店，未經我們允許便直接入座，倒了一杯燒酒，還沒等我們開口說話，她先滔滔不絕地發起了牢騷：

「我和店員說今天的生意算是白做了，兩支麥克風沒了，只好提早關了門。今天算是白忙了，關門吧。可誰知道，我兒子竟然找到麥克風了，大半夜的，還是在碧昂絲。」

「這位是您兒子啊？老闆娘可真是童顏。」為了安撫生氣的老闆娘，我假惺惺地說了句客套話，但顯然毫無效果。

「什麼童顏不童顏的，反正他是一九八八年生的，算是我兒子。剛才我還和他說今天等於白忙了，去喝酒吧。結果在這裡抓到你們了。我就知道，天無絕人之路。」

「啊，是啊，原來如此。您一定很傷心吧。」

「不是——你們為什麼要偷麥克風？說個理由我聽聽。」

王香突然站起來大喊道：

「妳這是一口咬定麥克風是我們偷的？喂！我們可是讀過大學的，也有正經八百的工作，在首爾也有房子。我們為什麼要偷麥克風。」

王香從錢包裡抽出一張名片在老闆娘眼前晃了晃。香奈兒的老闆娘用拿著水杯的手碰了一下名片，名片就掉在我面前。元進整形外科專業造型師秦雅凜。我把名片揉成一團，悄悄丟進垃圾桶。老闆娘不屑一顧地說，要是我們再這麼胡攪蠻纏就把我們送去警察局。王香一改剛才好戰的態度，用懇求的語氣說：「您怎麼能把我們當成小偷呢？我們就是喝醉了，糊裡糊塗地把麥克風帶出來了。我們本來打算吃完飯就把麥克風送回去的。」

「那你這小子幹什麼撕掉貼紙？」

刺青男大喊大叫，還把痰吐在我們的飯碗裡。香奈兒的老闆娘威脅我們，如果不找回另一支麥克風，就要賠錢。碧昂絲湯飯店裡充斥著緊張的沉默。最後，我提出一個折衷方案：這件事只是一場誤會，我們酒後犯錯，吃完飯就去找回另一支麥克風還給他們。老闆娘露出哭笑不得的猙獰表情說：

「誰知道你們倆會不會跑走，你們先付另一支麥克風的錢，等找回另一支，我再把錢還給你們。」

我想到剛才把另一支麥克風丟在腳踏車的籃子裡，於是乖乖交出我的信用卡。老闆娘又問道，除了麥克風還有沒有別的東西要還？我老實地從背包裡取出電子手搖鈴和菸灰缸，放在桌上。香奈兒的老闆娘和自稱是她兒子的男人拿著我的信用卡和東西走了。王香說要去找另一支麥克風，緊隨其後追了出去。事態暫時平息，我鬆了一口氣，繼續吃起湯飯。沒多久，手機便收到了三十萬韓元的消費通知。瘋了嗎？一支麥克風要三十萬韓元？獅子大開口是吧？我傳訊息給王香，告訴他一定要拿回麥克風的錢，然後又配著湯飯喝起燒酒。

十幾分鐘後，王香哭喪著臉回來了。他恭敬地把信用卡和收據遞給我。我不安地問道：

「他們沒還錢？」

王香癱坐在椅子上，大喊道：

「我們被騙了。」

「說什麼呢？」

「那兩個王八蛋先找到了麥克風，他們在我們面前演了一場戲。」

「什麼意思？麥克風在腳踏車的籃子裡啊。」

「沒有，籃子裡沒有，地上也沒有，哪裡都沒有。我們被他們騙了，被他們耍了。」

我發出尖叫。

我半天沒緩過神來，王香為了安慰我，便說：

「他們剛才喝酒了，我們可以報警說他們酒駕，把他們都抓起來吧？」

「太晚了。根本不知道他們現在在哪裡。」

「那我們不如打電話去法國香奈兒總店，告他們侵犯商標權。我記得之前Burberry好像就告過韓國哪家ＫＴＶ侵犯他們的商標權。」

「你會講法語嗎？」

「不會。那怎麼辦？」

「監視器都拍下來了。證據確鑿，我們跑不掉的。」

我們趴在湯飯店的桌子上，發出因憤怒而充滿熱氣的嘆息。再一次完美的失敗。無論失敗多少次，這件事永遠讓人無法習慣。

▽

壁畫小分隊執行最後一項任務的當天，是去艾比爾最大的公立學校畫壁畫。派兵時間接近尾聲，大家的分工合作也越來越有默契。如果是平時，我們一口氣就能完成工作，但那天的陽光格外熾烈，我們精疲力盡，決定坐在樹蔭下稍作休息。我在牆上畫了一個黃色的娃娃，王香負責塗上色，鈷藍色的天空正在慢慢變乾。

王香也不休息，一直在橄欖樹下發零食給伊拉克的孩子們。我走到樹下，王香的手機傳出李貞賢[29]的歌。他用韓文幫孩子們取綽號，滔滔不絕地跟孩子們講著話。孩子們一點也不關心他在講什麼，開心地吃著零食。王香幫孩子們取的綽號，也只是他們喜歡吃的零食名字罷了。

「他叫香脆餅，那兩個孩子是芝麻薄餅和巧克力派，那個小不點叫蘇燦輝。」

「為什麼他叫歌手的名字？」

「因為他會飆高音。」

我無語，忍不住笑了。綽號名為香脆餅的孩子用我們聽不懂的語言哼著歌。

「可愛吧。」

「嗯。他到處唱歌、跳舞的樣子和你很像。」

王香抱起香脆餅。警衛兵摘下防彈帽，把槍放在地上，坐在樹蔭下打著瞌睡。那天，艾比爾的午後就和平日一樣。

我們提早結束工作，純粹是因為風沙。沙漠的天氣變化無常，明明上一秒萬里晴空，但轉眼就能颳起龍捲風。那天也是晴天，瞬時間卻颳起大到睜不開眼的旋風。根據經驗，旋風的規模不小，而且感覺會持續很長的時間。我們戴上軍用太陽眼鏡和口罩，開始整理物品，決定明天再來完成剩餘的工作。

我們迅速地跳上吉普車，行駛了五分鐘左右，聽到一陣足以震動地面的巨響。剛剛我們畫壁畫的學校附近冒出了熊熊烈火，人們的慘叫聲迴盪在空中。旋風捲著一股黑煙朝我們襲來，我迅速戴上從行軍包裡取出的防毒面具。警衛兵早已全副武裝。雖然知道不可能，但腦子裡還是無法揮去生化武器和劇毒等單字。王香愣在那裡凝視著黑壓壓的天空。「喂，你醒醒！」我喊了一聲，但王香還是毫無反應。我從王香的行軍包裡取出防毒面具，迅速罩在他的臉上。

一切都是在瞬間發生的。

那一瞬間，我明白了人生的一個時期和所有的一切都能在眨眼間毀於一旦。相信自己會有所作為的、尚不知一切早已命中注定的、認為只要五種顏色就可以作畫的時期，就這

29 編註：出生於一九八〇年，知名歌手及演員。

樣結束了。

那天晚上，宿舍裡只有我和王香兩個人。後遣部隊的部分人員因吸入大量濃煙而送往救護中心，正在接受治療。位於公立學校附近的市場發生炸彈襲擊，平民傷亡慘重，受害規模遠遠超乎想像。艾比爾被認為是安全地帶，發生恐怖襲擊後，部隊也進入了緊急狀態。上級命令我和王香待在軍營休息。我們穿著滿是油漆的軍裝，呆坐在床上。王香開口問道：

「那些孩子沒事吧？巧克力派、蘇燦輝和香脆餅還好嗎？」

「不會有事的，還沒聽說有孩子傷亡。沒事的。」

「那應該只是濃煙吧？不可能是生化武器，對不對？不會有那種東西的，是吧？」

「我也不知道。」

「我們……還能見到……那些孩子嗎？」

「我也不知道。」

「如果大家都死了，就這麼消失了，我的人生又剩下什麼呢？」

王香接連問著我無法回答的問題。

我心想，也許我可以留在你的人生裡，但我沒說出口，因為我覺得這應該是王香最不希望發生的事。於是，我做了力所能及的事——我走到難過的王香身後，抱住他，他的脖子散發出一股濃烈的香水味。我閉上眼睛，王香一動也沒動，然後就像下定決心似的，小心翼翼地說：

「我早就想問你。」

「什麼？」

「你沒有想對我說的話嗎？」

當然有，而且有很多話想說，我想全部表達出來。我想告訴他：每次看著你，我都在極力掩飾自己尷尬的表情。你為了欺騙自己而拒絕我，難道不覺得這是酷兒電影中俗套的情節嗎？我最想問他，在他眼裡，我算什麼？但我什麼也沒問，什麼也沒說。因為他看起來已經被內心的問題包圍了。他僵硬的肩膀和絕不回頭的脖子，給了我答案。況且，我們身在宰桐部隊。在發生爆炸、死傷慘重的戰場，我的感情顯得微不足道，連一粒沙也不及。我沒有再往前走一步的勇氣，所以放開了圍在他肩膀上的手。我對他說：

「我退伍以後，會去坎城電影節。」

王香噗哧一笑，問我是什麼意思？

「我要拍一部史無前例的好電影。」

那天晚上，我聽著王香規律的呼吸聲，輾轉難眠了一整夜。我瞇著眼睛，看著王香側躺的背影，思緒更亂了。不如在他寬厚結實得如同圍牆的背上畫一張臉吧？王香轉過身來，他的眉間依然掛著幾道深深的皺紋。我的臉呢？我現在是以怎樣的表情看著熟睡的他呢？是我熟悉，還是陌生的表情呢？

幾天後，我們離開了駐紮地，最後的壁畫成了我們未完成的作品。

壁畫小分隊全體成員的最後一次聚會，是在C的餐廳開業當天。C利用募兵津貼在公寓社區的商店街開了一間義大利麵店。他是我們這些人裡唯一實現夢想的人。我們來到位於首爾市郊的公寓社區，看到店名都忍不住笑了出來——宰桐義大利麵。害羞的C辯解似的說：

「這裡之前是宰桐不動產。」

他在原有的招牌上塗了一層油漆，寫上了宰桐義大利麵。仔細一看，他果然發揮了當年畫壁畫的手藝。用在宰桐部隊賺的錢開了一間宰桐義大利麵店，的確別有一番意義。

那天C花了一個小時才做出的義大利麵，簡直像是泡在油裡，口感十分油膩。我們勉強快吃完的時候，王香才出現，手裡提著台爾蒙[30]果汁禮盒。我努力掩飾高興的心情和王香打了聲招呼。王香瘦了。

宰桐義大利麵店的營業時間結束後，我們在附近的旅館開了一個大房間，暢飲了一整夜。如何揮霍掉募兵津貼成了當晚聊天的主題。其他分隊的某某人在江原樂園賭場一夜間賭光了所有錢，A買了股票，B還清了助學貸款。我把錢都花在了拍攝畢業作品上。輪到王香，他一臉平靜地說，和大學同學花天酒地，一千萬韓元不到半個月就花光了。一半揮灑在江南的酒吧，另一半揮灑在夜店。雖然王香沒有看我，但我總覺得他一直在對著我講話。其他人嚷嚷著讓他繼續講下去。王香說他在夜店交到女朋友，還拿出手機照片給大家看。隊員們看到照片嘰嘰喳喳地說：「真漂亮，王大哥真有本事！」我真想捂住王香和其他人的嘴巴。我沒有參與他們的對話，只是一杯接一杯喝著酒。那天最先不醒人事的人是我。

黎明時分，我被某種觸感驚醒了。我躺在房間的角落，王香把手伸進了我的胯下。其他人打著呼，睡得很沉。王香熟練地脫下我的褲子，我睜著眼睛看著他。他的表情淡然而平靜，深陷的雙眼空洞無神。我抓住他的手臂，小聲說：「你幹什麼？」王香不以為然，一邊脫著我的衣服一邊說：「這不是你想要的嗎？」我緊緊閉上雙眼，莫名想哭，但我

30 編註：Del Monte，一八八六年成立於美國加州的食品製造及經銷公司。

沒有。我咬緊雙唇，屏住呼吸。我突然意識到，我曾經非常喜歡的王香從這個世界上消失了，而當年喜歡他的、痴痴凝視著他的背影的那個我也不復存在了。當年我們所感受到的一切，就像風沙一樣，瞬間席捲了我們。想到這裡，我的眼眶熱了，但我沒有哭出來。俗套的劇情看電影就夠了。

射精之後，我抱住了王香。我的雙臂緊緊地環繞住他瘦弱的身體。他瘦了很多。難道他又得了厭食症？王香不發一語，彷彿連呼吸也停止了，他靜靜地依偎著我。我放開擁抱他的手，穿上褲子，然後悄無聲息、頭也不回地走出了房間。

之後，壁畫小分隊偶爾還會聚會，但王香再也沒有出現過。好幾次，我都很想聯絡他，但都忍了下來。我覺得這樣做是為了自己好。其他人曾聯絡過他，但他音訊全無。沒多久還傳出他自殺的消息。怎麼可能？我為此第一次撥打他的手機，卻只聽到話筒傳出：

「您所撥打的電話有通話限制。」

隔年，我收到了一個意外的通知。一個性少數族群人權團體希望收集未受到關注的酷兒電影，舉辦一個小型的電影節。人權團體的負責人說，之前在其他電影節上看過我的第一部長片電影《無人知曉的普通愛情》，希望這次可以在他們的電影節播放這部電影。

當時韓國幾乎所有的發行公司都拒絕這部電影，所以我忍不住從座位上站起來鞠躬說了一聲：「非常感謝。」

於是，電影節進行到最後，在位於首爾市郊的文化空間舉辦了最後一場放映會。星期四下午，我和七位勤勞的觀眾一起觀看電影。廢棄工廠改造的文化空間有著嚴重的回音，不禁讓我對這部看過無數次的電影產生了陌生感。那天觀看完這部七十八分鐘的處女作之後，我領悟到了一個真相：

我真的什麼都不是。

我的電影講述了平凡無奇的人們毫無特色的愛情故事，最後以心灰意冷的結局收尾。除了登場人物是同志以外，這就是一部毫無特色和價值的電影。根本沒有必要拍成長片。美子說的沒錯，如果就只是為了拍這種電影，為什麼要忍受、拋棄一切堅持到今天？這是一部根本就不應該誕生的電影。我只是陶醉在自己的世界裡，根本沒有看清真相。片尾字幕跑完後，觀眾才離席。我因為覺得很對不起觀眾，掉了幾滴眼淚，沉浸在令人厭惡的自我憐憫中。就在我準備痛快大哭一場時，一個高個子的男人走了過來。

「好久不見。」

比之前更老、更黑，因此顯得眼睛更加凹陷的王香——站在我面前。我下意識地問道：「你不是死了嗎？」王香問我的聲音怎麼回事？我嚥下鼻涕說：

「過敏。」

我們一起笑了。

時隔一年，宰桐義大利麵店關門大吉了。透過玻璃門，我們看到裡面堆滿了傳單和通知書。

「剛開業沒多久吧……」

我們飢餓難耐，不想再尋找其他餐廳，走到一樓的便利商店買了便當和燒酒，坐在門口的桌前喝起了酒。王香斟滿紙杯，一飲而盡後說：

「我討厭喝啤酒。」

「我也不喜歡。啤酒難喝又占肚子，還是燒酒好。」

「你懂的還不少嘛。看來我們還是有很多共通點的。」

「是啊。」

王香掀開以中年女明星名字命名的便當蓋，狼吞虎嚥地邊吃邊講起自己的近況。他考入研究所，但沒錢繳學費，所以只念了一個學期就開始找工作，最後以約聘員工的身分進了農協銀行。我問他為什麼是銀行呢？王香說，沒什麼特別的理由，因為銀行錄用了他。他還猜測，可能是因為自己很有男子氣概，而且做事穩重，所以銀行選擇了他。真是好笑。我看是恰恰相反吧。王香則感嘆著說我很了不起，實現了電影導演的夢想。但我無言以對，只能垂著頭摸著紙杯。

「今天看了你的電影……」

「我也知道，就是垃圾。」

「說這什麼話呢？我覺得很好看。」

「是嗎？就算是客套話，也很謝謝你。」

「我不是要你謝我，我想說的是，我覺得電影和你很像。」

「哪裡像？」

「那些人物和你一樣，天天喝酒、做愛。」

「還真的是這樣。」

「這樣講也許過度自我中心，但看電影的時候，我總覺得就像你在對我講話一樣。」

「算了。我們聊別的。」

「話說回來，你一點也沒變，還是老樣子。」

「你倒是老了。」

「沒禮貌的性格也和從前一樣。」

我們笑著碰了一下杯。王香連飲幾杯後，表情嚴肅地說：

「其實，我今天來，是有話想跟你說。」

「說什麼？」

「想為之前的事，和你說聲對不起。」

「什麼事對不起我？」

「所有的事。全部。」

「現在說這些幹什麼？」

「我一直很想跟你道歉。那時候，我的狀態不好，很難接受自己，所以無意間也傷害了你。」

我默不做聲，喝著燒酒。我沒多問，王香就自己講起了失聯期間發生的事。

王香自殺的傳聞，半真半假。他幾次試圖自殺，但都沒有成功，最後被關進封閉式病房，接受了幾個月的治療。他瘦了很多，頭髮也掉了不少。他摸著自己依然粗壯的手臂說，記不太清楚當時的事了，而且當時減少的肌肉到現在也沒練回來。

「我現在不會了，都變了。雖然沒有徹底改變，但比之前好多了。就像你成功實現了導演夢一樣。」

「成功個屁。我用兩千萬韓元拍了一部只有七個觀眾的電影。」

「以觀眾規模而言，真是純藝術。真正的藝術家不是我，是你，你啊。」

我們捧腹大笑。王香嘴角上揚，那是我熟悉的笑容。即使明天會失去一切，就算毫無對策，也還是先笑一笑吧。王香的笑容、燦爛的模樣，讓我想起了當年自己有多喜歡他。我一把抱住微笑的王香，王香也緊緊地抱住我。我們在公寓社區的便利店門口靜靜地擁抱了半天。

那天晚上，我們覺得意猶未盡，第二攤移動到了梨泰院的酒吧。星期四的同志酒吧，沒有什麼客人，我們一直跳舞跳到凌晨五點，然後去了附近的旅館。我們本想做愛，但由於無法勃起，只好牽著手睡著了。醒來後，我們赤裸身體站在一起，看著彼此腫脹的臉刷了牙。

我和王香喝醉後，都會以更快的速度讓自己不醒人事。這個新發現又拉近了我們的距離。這次我們以清澈、透明且克制性慾的關係，一起熬過了人生最疲憊不堪的時期。看著王香比任何人都要寬厚的肩膀，我決定與過去的他，還有過去無法接受喜歡他的那個自己，作出和解。

無論是過去還是現在，我始終都在夢想不可能的事。

碧昂絲血腸湯飯店的一場騷動過後，酒也難以下嚥了。我們臨走時，剩了半瓶燒酒。對我們而言，這還是第一次沒喝完酒。我和王香有氣無力地走在街頭，每走一步都能聽到王香打噴嚏。快走到十字路口時，一輛銀色的賓士轟鳴而過。王香大喊：

「攔住那輛車！」

「嗯？」

「是那兩個香奈兒混蛋的車！」

雖然不知道攔下那輛車能做什麼，但我們還是追著車狂奔起來。不知不覺，我覺得自己成了為追趕賓士而生的人。儘管我們拚死追趕，但人類的速度始終不及汽車。那輛銀色的賓士無視紅綠燈，消失在馬路的盡頭。王香癱坐在地上，衝著消失的賓士大喊：

「開戰犯國汽車的賣國賊！骯髒的異性戀！」

街上只有我和王香兩個人，霧霾嚴重的天空漸漸亮了。不知道是從額頭流下的汗水還是汙染嚴重的空氣所致，我的眼睛一陣刺痛。我扶起坐在地上掉著眼淚的王香。

「王香，你怎麼了？喝醉了？」

「我們輸得好徹底，連一支麥克風也偷不走。」

「別哭了。麥克風也沒多少錢。」

「我完蛋了。都被搶走了。麥克風被搶走了，現代舞，還有我爸，我愛的一切都離我而去了。」

王香坐在地上一邊呼喊爸爸，一邊嚎啕大哭了起來。

「喂！停！你都三十五歲了。你這樣就能把你爸哭回來嗎？」

「我爸肯定死了。都死了，都消失不見了，一切都失敗了。」

「不，那不是失敗，那算是圓夢。你爸圓了他成功人生的夢，你也圓了現代舞的夢。至於我們、我們也……」

我想說，我們也圓了自己的夢，我們做到忠於自己的感情。但我怕話一出口，眼淚就會奪眶而出，只好欲言又止。王香一直哭個不停，根本沒在聽我講話。如果說自我憐憫或瘋狂是搞藝術的條件，那我們早就成了舉世聞名的藝術家。我哄著哭哭啼啼的王香，甚至動手打他，但始終沒有效果。由此可見他是一個多麼有毅力且老實誠懇的傢伙。我苦惱了半天，終於想到了一個可以安慰他的方法。

藝術。

我拿出手機，播放劉彩英的歌曲。「那時，我不懂愛一個人的方法……」歌聲響起，我站在馬路上跳起舞來。當我意識到自己是在馬路上跳舞時，才發現自己是真的醉了。令我感到慶幸的是，我認知到了這一點。我跟隨歌聲翩翩起舞。王香說得沒錯，劉彩英的確是最棒的歌手。我的身體跟隨著她美妙的歌聲左搖右擺，越跳越興奮，甚至忘了最初播放這首歌的目的是為了安慰王香。不知何時，王香的哭聲停止，他伸手從背包裡取出燒酒瓶。沒想到他竟然把剩下的半瓶燒酒從血腸湯飯店帶出來了。王香舉瓶喝下燒酒，滿口醉意地對我大喊：

「你到底會不會跳啊？」

為了滿足觀眾的要求，我深吸一口氣，坐在地上，抱住身體，將自己捲成一個圓，再瞬間伸展四肢用力一躍而起。簡直是令人難以置信的即興編舞，我都要被自己感動得哭了。王香看著我，哈哈大笑。

「你跳的是什麼舞啊？」

「現代舞。舞蹈名為『我是世界上的渺小一點』。」

王香搖了搖頭說，名稱取得有問題。他猛地站起身，就像高舉香檳一樣舉著燒酒瓶，放聲大喊道：

「我們連世界上的渺小一點也不如！」

他說的沒錯。我們的確連世界上的渺小一點也不如。不要說成為一個點了，我們根本一無是處。不要說參加坎城電影節了，我連一部像樣的酷兒電影都沒拍出來，王香也沒有成為舞蹈家。我們未能理直氣壯地愛一場，甚至沒有忠於自己的感情，結果就只是糊裡糊塗地上了年紀。明明是同性戀，卻不敢堂堂正正地表露出來，連異性戀的一支麥克風也偷不走。如此徹底的失敗在電影裡也很少見。我們完蛋了。完蛋的我們一事無成。我們就只是會花天酒地、追求性愛的同性戀而已。我們無所作為，也不可能有所作為。我們當初就什麼都不是，現在也是如此，永遠都只會是這樣。

真的，我們什麼都不是。

喬的房間

工作結束後，我站在窗前點了支菸。漆黑的窗戶映照出芭妮的臉，汗水浸濕的黃色假髮黏在額頭上，眼睛紅紅的，戴著兔耳朵髮箍。現在我已經喜歡這樣的自己了。我拿起化妝檯上的冰咖啡一飲而盡，但還不覺得解渴，又嚼了幾塊冰塊。我養成了工作結束後喝一杯冰咖啡的習慣。

男人翻來覆去，發出呻吟，扣在床頭的手銬，將他的手勒得緊緊的。我從包裡取出鑰匙，解開扣在男人手腕上的手銬。他的手腕留下了痕跡，背部和臀部也留下了瘀青。我把這些痕跡稱之為勞動的證據。我拿起化妝檯上皺巴巴的現金，放進大手提包裡，走出客房。時間很趕，待會兒還有客人。幸好兩地距離不遠，走路就可以過去。

走進公寓大樓，我徑自往廁所走去，坐在大廳角落的保全似乎一直緊盯著我。我走進無障礙廁所，按下關門鍵，玻璃門關上。我把手提包放在置物架上，筆電、假髮和棕色的麻繩露了出來。我立即將脫下的皮衣塞進包包裡，換上白色洋裝。我站在鏡子前，摘下假髮，開始卸妝，芭妮紅紅的嘴唇和眼影瞬間消失不見。接下來，輪到有娜登場了。雖然時間很趕，但幸好有娜是一個不需要濃妝豔抹的角色。我畫好眼線，塗上淡粉色的眼影，再用鑷子夾住假睫毛貼上。待膠水凝固後，再從隱形眼鏡盒裡取出彩色隱形眼鏡戴上。我眨了幾下眼，眼睛就變成了灰藍色。我看著鏡子中的自己，取出包包裡的長假髮，戴在頭上。雖然鏡子裡那張臉是我的臉，卻已是不同的人了。

鏡中的人是有娜。

我走進電梯，按下最頂層三十樓的按鈕。電梯的一面是玻璃窗，我手扶玻璃窗，眺望城市全景，窗外的城市就像浸泡在黑水之中，黑暗填充了建築物之間的空隙。電梯加速後，我感覺身體漂浮起來，彷彿置身於真空地帶。隨著電梯升高，窗外的一切變得越來越模糊，貼著玻璃窗的掌心也冒汗了。我感到手的溫度一點點升高，手碰觸到的玻璃像油漆似的流淌下來。

「玻璃是固體在極度高溫下沸騰後融化成透明狀態的，我們看到的所有玻璃，都是以我們察覺不到的緩慢速度在流淌的液體。」

我突然想起喬的聲音。他很喜歡沒頭沒腦地講一些瑣碎且無聊的事。我們一起讀大學的時候，他用筆在我的手背上寫道：

「我們同為一體。」

我甩開他的手，想抹掉手背上的字，但墨水很難抹掉。

扶著玻璃窗的手濕濕的，我用裙子擦了一下手。電梯抵達三十樓，我站在電梯門口，玻璃門映照出一個疲憊不堪的女人。我拿出杏色口紅塗在嘴唇上，看上去更像有娜了。我努力上揚嘴角，笑了笑。電梯的門開了，笑臉瞬間被分成兩半。

三十樓只有一扇門。我走到門口，大門自動敞開，門後站著一個男人。他穿著一件平整無痕的乾淨襯衫和棉褲，腳踩皮製室內拖鞋，走路時聽不到任何腳步聲。男人看上去很年輕，氣質沉穩。從外表看，很難猜測出他的年紀。我跟著男人走進房間。

男人的家如同室內設計雜誌裡的照片。高高的天花板，開放式的設計，讓室內顯得更加寬敞，新型家電和家具都擺設在恰到好處的地方。雖然房子像男人一樣外觀乾淨俐落，但有一個很奇怪的地方——應該在浴室裡的系統式衛浴，卻出現在客廳正中央。系統式衛浴就像擺在空曠荒野上的大花瓶，讓人覺得莫名其妙。我故作淡定，因為我現在是有娜。

我閤攏雙腿，坐在沙發上，把手提包放在一旁。男人看著我，表情激動地說：

「果然，妳就是那個可以滿足我心願的人。」

「當然了。只要您告訴我需要什麼服務……」

男人豎起食指，打斷我的話說：

「請先聽我把話講完。這是一個值得花時間聽的故事。」

「喔，是嗎？首先，我能提供的……」

男人再次打斷我，繼續說道：

「我接下來要講的話，也許難以讓人接受。我有一個不能向任何人訴說的祕密。別人看我年紀輕輕就大有所為，都認為我是靠父母。但其實，我是白手起家。身無分文的時候，感覺全世界都背棄了我，每個人都把我當成隱形人，我也習慣了像空氣一樣。但在我大富大貴以後，一切都改變了。人們來找我，關注我，所有人對我笑臉相迎。這種關注就像毒品一樣。起初我很享受這樣的社交生活，而且渴望更多的人關注我。我每天都活在別人的視線裡，對此我充滿感激。但，沒多久，我便醒悟到，他們關注的不是我這個人，他們只是透過我看到了成功的希望。他們只是把我當成了成功的工具，根本不在乎我是怎樣的一個人。醒悟到這一點以後，我就變成了尋找真實生活的人。」

「原來如此。」

「一開始，我很難接受自己的這種慾望，也很害怕心裡存放著這個無人可傾訴的祕密。我也嘗試過努力改變自己，還參加祈禱會，拜訪那些獲得治癒恩賜的人。但一切沒有任何改變。我就是一個與眾不同、渴望看清真相的人。」

男人越來越囉嗦。根據經驗，越是相信自己講的話有價值的人，越有可能是權威或施虐型人格。正因如此，作家、教師和牧師才會被列為危險型客戶。話雖如此，但冗長的對話也算是一種消耗時間的有效方式。幾天前，一位把有娜約到市郊瑜伽中心的客人就是如此。瑜伽中心關門後，變成了宗教團體的活動地點。貌似五十多歲的男客人，說我散發著空虛的死亡氣息，所以必須為我搞一次祭祀。我坐在瑜伽墊上，拉著他們的手，他們往我身上潑水，為我哭泣，要我告解自己的悲傷與罪過。我無言以對，但還是絞盡腦汁擠出了一句「我活得好累」，然後抽了兩下鼻子。他們一臉感動地說理解我，自己也是這樣一路走來的。他們還說我會像他們一樣得到神的恩寵，重獲嶄新的人生。我每天都在扮演不同的角色，所以這樣講也沒錯。他們也將事先談好的金額付給了我。記憶中，我對那天的勞動經驗十分滿意。這個男人可能也是想透過這種方式向我傳教吧？只要不提出過分的要求，我都可以接受，所以無聊也只能忍了。男人猛地站起身，站在我面前說：

「妳知道那些真正認清自己的人嗎？」

「不知道。但我願意洗耳恭聽。」

「好，那我就開門見山地說好了。我需要妳的排泄物。」

他的語氣和態度非常慎重，不禁讓我誤以為他是在和我索討非常珍貴重要的東西。遇到這種情況，驚慌失措或面露不滿都有違有娜的職業道德。事實上，也沒什麼好驚訝的。與我接待過的其他客人相比，這個男人的要求算是很普通了。我曾遇過要求我往性器丟擲水果的客人，我依次丟出了八個蘋果、三個梨子和四個哈蜜瓜。還有客人要求我把聖經放在他的背上朗誦，然後他一邊聽啟示錄一邊手淫。提供的服務越是罕見，相應的價格也就越高，所以，對我而言，這是不虧本的生意。即便如此，眼前的男人還是莫名讓我感到困惑和不自在。

男人走到客廳中央的系統式衛浴房，打開門，裡面有透明的水晶馬桶和鍍金的淋浴龍頭。宛如一口小井般的馬桶，精緻無比，如同雕工精緻的工藝品。這個空間與其說是為了使用，不如說是為了觀賞，所以才會讓人覺得像藝術品。男人將這個空間稱為祭壇。

「妳只要提供祭壇所需的祭品。」

「啊，需要的是……」

男人打斷我的話，單方面地解釋起購買我的排泄物的原因。

「歷史上，利用大便——也就是人糞——滿足慾望的情況，不計其數。在美索不達米亞，就有勝利的部落攝取戰敗部落糞便的習俗，此舉意味著洞察被支配階級的本質。在日本的土俗信仰中，也有把人糞視為神敬仰的教團。據說，正祖時期[31]，王室的奇人在進行創作前也會食用人糞。沒有比糞便更貼近人類本質的東西，從內臟排出的排泄物，就是人類的基礎，最初存在的根本。所以，人糞才是最真實的東西。」

為了忍住不打呵欠，我咬住嘴唇，但眼角擠出了眼淚。男人看到我的眼眶濕潤，覺得獲得了某種同情心和認同感，於是更加興奮地說道：

「沒錯，我就知道妳可以理解我。」

31　譯註：此處正祖指朝鮮第二十二代君主，一七七六年～一八〇〇年在位。

我心想，聽你說話還不如和狗聊天呢。但這種想法不適合有娜。我尷尬地擠出笑容，點點頭。

男人表示，若我能定期供給大便，他將支付一大筆錢，金額是我平時工作的五倍時薪。他還補充了一句：「在如此不穩定的時代，哪有比生產排泄物更穩定，且能保障收入的呢。」他看上去就像投資說明會上吸引資本的年輕企業家。演講結束後，男人自信滿滿地看著我。我也維持一臉笑容，嬌滴滴地回答說：

「糞便玩法不在我提供的服務選項中，請找別人吧。」

男人的額頭開始冒汗。也許是口乾舌燥的關係，他的嘴唇張開時發出啵的一聲。

「不，這件事一定要由妳來做。」

「這話是什麼意思？」

男人突然拿起遙控器打開電視，把音量調到最大，擺在客廳的音響同時發出聲音。漆黑的電視畫面，閃現出一張男人的臉。畫面中的男人，與其說是年輕，更像是稚氣未脫。他一絲不掛，仔細確認正在拍攝的相機後，走回床邊。某處隱約傳出流水聲。他躺在床上，滑了半天手機。房間十分昏暗，陽光從窗簾的縫隙照進房間，鼻子的陰影長長地落在臉上。稍後，一個影子一閃而過。床後的牆壁反射出一道彩虹色的光。仔細一看，牆上貼滿了照片。

流水聲中夾帶著歌聲。那是讚美歌。信仰、愛情、救贖等等單字隨著水聲破碎開來。我產生了似曾相識的感覺。這是理所當然的事，因為那是我非常熟悉的空間。

畫面中的空間，正是喬的房間。

那時，我為了賺學費和生活費，整日忙於工作，每天都處在精神緊繃的狀態，肩背的形狀累得就像彎曲的弓箭。下課後一直工作到子夜，很多時候回到家就直接累得暈倒昏睡過去。星期天是一週七天中唯一的休息日，那天我會和喬度過每一個瞬間。

躺在喬的房間裡，可以看到從窗外經過的人們的腳。如果開窗，外面的灰塵就會飄進屋裡。下雨的時候，雨水也會沿著窗戶流進來，浸濕壁紙。

每逢週日，我們會一整天都躺在床上。無聊到只能睡覺時，也會被外面傳來的吵鬧音樂聲吵醒。即使用枕頭捂住耳朵，吵雜的音樂聲也還是會震得腦子裡嗡嗡作響。喬說隔壁就是教會，所以每個週日都要忍受這種噪音。仔細一聽，歌詞都是信任、愛和救贖等單字。

我們找到了應對信任與愛的方式。歌聲響起，我們就親吻。集體祈禱，我們就做愛。信徒們像禽獸一樣高聲呼喊時，我們也會跟著放聲尖叫。我就像緊握繩索般牢牢抱住喬，抓著他脊背的十根手指，懸繫著我的生活，也是支撐我艱難生活的全部。喬也緊緊抱著我，熾熱的喬進入我的體內，我也隨之愈來愈為火熱。我們以相同的速度升溫，並一起沸騰。

與喬水乳交融時，一切都會變得透明。喬的肌膚開始融化，我的指尖緊抓著的脊背也融化了。每動一下，我們的身體就會漸漸融化。從皮膚開始漸漸融化，最後只剩下骨頭，但我們仍像拼圖般緊緊抱在一起。神經和大腦也都融化，只好停止思考。最終，我們化為房間裡的一灘積水。窗外的陽光照射進來，貫穿我們的身體，灑落在地上。

當我們抵達高潮，汗流浹背地躺在床上時，教會也傳來了禮拜結束的鐘聲。稍後，信徒們走出教會時，我和喬總是躺在床上，望著他們輕盈的腳步。

激戰過後，肚子總是很餓。我咬住喬的腳趾，喬咬住我的手指。我們含著彼此的手指和腳趾，直到含住的皮膚變得皺巴巴。躺在我身旁的喬，看起來十分安逸，而此時的我也稍稍放鬆了一週緊繃的神經。我毫不在意身體的任何部位，舒服地躺在床上。

睡覺、做愛、叫炸雞吃，結束之後，也還有一些時間。

我們出門，走在街頭，就像戴著手銬般緊緊握著彼此的手。我們經常去教會附近的娛樂場玩射擊遊戲。我們覺得只要在一起就能克服所有難關，但每次連第一關都打不過就死掉了。畫面中的我們，慘遭敵人掃射，倒在血泊之中。遊戲玩膩了，我們就去拍大頭貼。我和喬呼一口氣，鼓起雙頰或緊貼額頭看著鏡頭，然後指著美白過了頭的照片哈哈大笑。

回到家，我們就把照片貼在牆上，空蕩蕩的一面牆漸漸被我們的照片填滿。雖然每天都覺得時間十分漫長，但一個星期轉眼也就過去了。

一年將盡時，整面牆都是我們的照片。

畫面中的喬和蘇尖叫著，彷彿直衝懸崖的兩人，忽然像燃料耗盡般安靜下來。長長的呻吟過後，電視關掉了。我愣愣地望著漆黑的電視畫面，臉頰發燙。為了維持平常心，我輕輕地咬住嘴唇，不露聲色地吸了一口氣。因為我現在是有娜。

不知何時，男人走到我身邊坐了下來。我從沙發站起來，雙手闔十，站在他面前。

「我可以為您做什麼嗎？」

「影片中的人是妳吧？」

「不是我。」

我笑嘻嘻地回答。我沒有說謊。影片中的人是蘇，不是有娜。

「我剛才就認出是妳了。」

「不好意思，我不知道你在說什麼。」

「毫不誇張地講，我活到今天，就是為了等這一刻。」

「對不起，我無法提供選項以外的服務。」

「只要妳答應我，我支付的費用，絕對讓妳心滿意足。」

男人開了一個可以讓我還清助學貸款的價格。對我而言，這是一筆豐厚的報酬，也是相當合理的提議。自從二十歲開始工作以來，我便領悟到了一個真理——勞動總是伴隨著某種程度的悲慘命運。想要賺更多的錢，就要忍受更大的恥辱，這就是世間的道理。雖然賺大錢的機會擺在眼前，但我還是不想做這件事。

「為什麼偏偏是我？」

「因為非妳莫屬。」

雖然我遇過很多提出千奇百怪要求的客人，但遇到像他這麼懇切的人還是第一次。我猶豫了半天，最後慢慢脫下內褲。

「先生，車馬費和時薪可要分開算喔。」

原本絕望的男人，臉上立刻浮現出笑容。看著他彷彿抵達高潮似的表情，我不禁感到極度噁心。我很想把髒兮兮的口水吐在他的臉上，但這不是有娜會做的事。為了維持平常心，我盯著地面笑了笑。男人站在衛浴房前，向我招了招手。我一面解開洋裝的釦子，一面緩步往衛浴房走去。水晶馬桶看上去就像一個巨大的沙拉碗，我有些毛骨悚然，但我必須鎮定，因為我是有娜。我做出有娜特有的姿勢，露出迷人的肩膀線條，讓洋裝從身上滑下來。男人眨眼，直直盯著我，全身僵住了。我無法專注於排泄，即便衛浴房的門關著，但還是覺得男人在盯著我看。我閉上眼睛告訴自己，我現在就是魚缸裡的金魚，置身於大大的水族館，必須在這裡產出排泄物。我就是為了產出新鮮、漂亮的糞便而生的人。該出來的不出來，反倒是冒了一身汗。男人打開衛浴房的門，一把抓住我的手腕。

「妳的表情就像是被迫上戰場，這樣有什麼意義呢？」

我強顏歡笑，咧嘴露出八顆牙齒。我咬緊牙關。男人搖了搖頭。

「我需要的是真正的蘇，看看影片中的妳，多美！」

男人指著漆黑的電視畫面說道。但他提到的名字不是有娜，而是蘇。

「我是有娜。」

「妳知道自己是誰嗎？」

「嗯，我知道，都說了，我是有娜。」

男人更加用力地抓住我的手腕，還試圖摘掉我的假髮。我甩開男人的手，撿起地上的洋裝穿回身上。我往沙發走去，男人跟在我身後說：

「妳明白什麼是真實嗎？妳只是一個忠於自己慾望的人。影片中的妳，讓我看到了渴望實現慾望的純真眼神。妳不會知道，在這個虛假的世界，這是多了不起的事情！」

「對不起，看來我無法為您提供服務了。」

我不想聽男人說什麼，收拾起行李。男人粗魯地抓住我的肩膀，用力把我往衛浴房推。

「蘇，我需要真實的妳！」

男人又叫了一聲我的名字。我放下手提包，看著他說：

「您需要的話，我可以換一個名字。我提供的服務有這個選項。」

「不。妳不是勉強自己的那種人。」

「我就是那種人。」

男人試圖用蠻力把我推進衛浴房。我莫名產生了不服輸的鬥志，一腳踩住門檻做出反抗。男人加大力道，我的腳踝隱隱發抖，最後還是被他推倒在衛浴房裡，肩膀撞到了馬桶。我摸著肩膀，安靜地跪坐在地上。毆打和服從都是有娜提供的服務。男人要求我摘掉假髮和隱形眼鏡。但這不是有娜該提供的服務，所以我拒絕了。男人走進衛浴房，伸手抓住我的下巴，然後伸出另一隻手試圖摘掉我的假髮。他未能如願，因為我用很多小髮夾固定住了假髮。男人粗魯地揪住我的假髮，我的頭髮都被拽痛了。我奮力掙扎，男人鬆開手，一巴掌落在我的臉上。我的眼眶濕了。男人的巴掌持續落在臉上，我的雙頰漸漸失去了知覺。男人再次揪住我的頭髮，叫著我的名字：

「蘇！蘇！蘇！」

他堅持不叫有娜的名字。他的聲音充滿確信，就像在呼喚寵物狗般叫著蘇的名字。我感到心跳加速，臉頰發燙。男人大笑，看著我說：

「終於看到了我想要的那種眼神。」

我內心的某個地方出現了裂痕。我轉身用力推了一下男人，一腳踢在他的小腿上。男人失去平衡，搖晃了一下，肩膀撞在衛浴房的牆上。男人揉了揉肩膀，又衝過來揪住我的假髮。他粗魯地抓住我的頭往馬桶裡塞，由於水很淺，我的臉立即撞到了馬桶底部。男人一手按住我的脖子，一手揪住我的假髮。我的頭髮被拽掉了，耳朵也進了水。

水刑也是有娜提供的服務之一。我知道如何減少痛苦，滿足對方。我在水裡眨了一下眼睛。幾根假髮漂在水面上，水下晃動著水晶馬桶反射的光與假髮的影子，我緩緩地吐出氣泡。在液體的世界，所有的一切都在緩慢流淌。聽覺、視覺和觸覺，所有感官也放慢了速度。我所建立的一切都在消逝。我屏住呼吸，慢慢地數了三個數字。

我察覺到男人減輕力道，與頭髮分離的假髮和髮網隨著他的手向上提起。我迅速起身，一把搶過他手中的假髮，然後使出渾身力氣撞向男人。男人搖晃了一下。我抓住機會，用手肘狠狠擊向男人的臉。撞擊到堅硬物體的觸感傳至全身。男人慘叫著摔倒在衛浴房門外。我連忙鎖上衛浴房的門。男人倒在地上，鼻孔流出一道鼻血。

我稀疏的頭髮就像海帶般黏在臉上，假睫毛掉了，洋裝的肩膀也被撕破了。我感到全身熱血沸騰，體內充滿憤怒。這份工作的本質是不投入任何真實情感。但，今天很奇怪。我心裡的有娜下班了。不，應該說，原本以為空虛的內心被某種陌生的感情填滿了。說不定這就是男人說的「真實」，我下意識地變回了蘇。大事不妙，我沒有變回蘇時的備用行動計畫。就在這時，男人抬起頭，坐了起來。看來他是清醒了。男人用袖口一面擦著鼻血，一面看著我。他在笑。我心中的憤怒越發膨脹。我大聲咆哮，以言語無法表達的嘶吼傳出體外。男人笑得更大聲了。就像倒帶似的，所有的語言和感情迅速從我內心流淌而過。

我產生了要在他的世界製造裂痕的慾望。我抓起馬桶一旁的鍍金蓮蓬頭，用力砸向馬桶。雖然傳出巨大打擊聲，但馬桶依然完好無損。我用力又砸了一下，馬桶仍舊沒有出現一絲裂痕，倒是裡面的水泛起了波紋。我改變方向和力道又砸了幾下，然而，隨著不同的方向，看到的只有變換的顏色和更加閃閃發光的馬桶。我擰下蓮蓬頭，拿著它又砸了幾下馬桶的水箱，仍舊是白費力氣。我累得汗流浹背，卻沒有改變任何事。

「媽的，怎麼這麼結實。」

男人用力推著衛浴房的門。門已被我鎖緊，所以只是晃動幾下，沒有被他推開。男人家裡的東西都很結實。我把手裡的鍍金蓮蓬頭扔在門上，蓮蓬頭撞到門板掉落在地。男人露出卑鄙的笑容說：

「看來，現在可以取得有誠意的成果了。」

「誠意個屁。」

「不要激動嘛。妳為了實現唯一的目標而全力以赴，失敗時就會感受到世界崩潰的絕望感。我需要從妳身上分離出來的東西，也就是……」

我趁男人廢話連篇的時候，小心翼翼地打開門鎖，然後用力推開門。門撞到男人的頭，男人再次失去重心，整個人倒在地上。我抓住時機用蓮蓬頭狠狠地砸向男人的頭。從男人的頭傳出破裂音，肯定有什麼東西碎了。

「白痴，大便就只是大便。」

無論我以何種姿態、以誰的名字排泄，大便就只是大便。沒錯，無論什麼名字，我都是我。每一瞬間，我都是我自己，未來也會是這樣。男人不光要我的排泄物，還強迫我承認真相。躺在我面前的他，就是他付出的代價。

我小心翼翼地走近男人。男人昏迷不醒，呼吸毫無規律。我從包包裡取出芭妮特製的繩索，把男人翻過去，從他背後綁住他的身體。如果他用力掙扎，這種特製的繩索只會勒得更緊。我拿出裝了鞋釘的高跟鞋穿在腳上。當然，這雙鞋也是芭妮的。

此刻，我的身分既不是有娜，也不是芭妮——站在被綁住的男人身旁。我用鞋尖踢了一下男人的背，毫無反應。我又伸腳踢了一下男人的側腰，他的身體抖動了一下。還活著，他創造的世界沒有任何變化。我無法忍受這一切，甚至厭惡至極。我跺了兩下腳，鞋跟發出清脆的響聲。我又用力踹了一下男人的側腰，男人發出呻吟，睜開眼睛。我連踹幾腳宛如蠶蛹般蜷縮身體掙扎著的男人，他的慘叫聲迴盪在房間裡。這樣的尖叫聲與外貌不符，聽起來像配音似的，而且男人的家過於完美，不禁讓人聯想到攝影棚。如果真的是在演戲，那麼我飾演的角色是什麼呢？我也不知道。但可以肯定的是，我越是施暴於他，越是感到興奮。除了芭妮，我還是第一次以其他角色的身分對人動粗。我開心地折磨了男人半天，不禁覺得自己就是為了虐待他而存在的人。男人為了擺脫束縛掙扎不已，最後還是放棄了。他就像蠶蛹般蜷縮著身體，抽泣了起來。

「妳為什麼不聽我的話？我只有一個要求，為什麼、為什麼妳不能滿足我？」

男人只是沒有得到這樣東西，但哭得像失去了一切。男人哭得喉嚨沙啞，簡直像剛學會啼哭的嬰兒。為了讓他安靜下來，我一腳踹在他的臉上。我拿出口塞球塞進男人口中，他發出呻吟，掙扎了半天才安靜下來。看來他是精疲力盡了。終於安靜了，但我覺得還遠遠不夠。我尚未消氣，又想起了那個無論怎麼損壞，仍舊閃閃發光、完好無損的水晶馬桶。我走到馬桶旁，使出全身上下最後一絲力氣踢了一腳馬桶。

破碎的聲音傳來。

鞋跟掉在地上。我的皮鞋慘不忍睹，但馬桶仍舊完好無損。我感到無能為力，癱坐在地，愣愣地看著馬桶。就在我撐住地面準備起身時，突然感到腳尖一陣刺痛。我脫下皮鞋，只見大拇趾的腳趾甲下都是血。我輕輕按了一下腳趾甲，疼得眼淚直打轉。我脫下另一隻皮鞋，赤腳站起身，劇烈的疼痛襲來，我再度癱坐在地。男人乾咳了幾下，黏稠的血液沿著口塞球從嘴裡流出來，我的腳趾甲漸漸變成了黑紅色。水晶馬桶和鍍金蓮蓬頭毫無損傷，反而比之前更加閃閃發光了。破碎的只有我和男人。

天亮了。陽光從沒有窗簾的窗戶照射進來。陽光刺眼，我闔上雙眼，稍後才睜開。我撿起地上的遙控器，打開電視，按下播放鍵，漆黑的畫面中傳出熟悉的流水聲。

喬剛走進浴室，我就在他的房間四處翻找。我仔細察看書櫃和床的下方，摸了摸掛在衣架上的衣服。翻找垃圾桶和抽屜櫃時，我還覺得根本不會發生自己想像中的那種事。就在我為了誤會喬而心生內疚時，看到了桌上疊放的衣服。我將手伸進衣服，摸到了褲子和內褲之間正在錄影的手機。流水聲停止了，我趕快把手機放回原位，坐在床上。

和喬做愛結束後，我躺在床上，聆聽著路人的腳步聲。喬發出微弱的鼾聲。我移走喬放在我胸口的手臂，從床上爬了起來。與以往不同的日常已經展開。我伸手從衣服堆裡取出手機，點擊畫面，最先看到影片的檔案夾。檔案夾裡共有三十支影片，第一支影片的日期是我和喬交往兩個月後的某一天。紀錄持續了很長時間。我點開每一支影片，畫面中都是水乳交融的兩個人。這些影片與之前我和喬一起看的性愛影片毫無差異，唯一不同的就是，影片中的人物是我們。隨著影片日期更迭，我和喬的頭髮長短不同，窗外日出日落的時間也不同。影片中的我們，身處相同的空間，而且始終黏在一起。我所熟悉的日常正在一步步離我遠去。我就像在觀看水族館中的魚兒一樣，看著影片中的兩個人。他們於我就如同隔著玻璃的陌生人。畫面中的兩人，看上去深愛彼此。如果那兩人不是我和喬，我或許會感動到落下一兩滴眼淚。

我覺得彷彿腳底漏了一個洞，體內的一切都沿著那個洞迅速流出了體外。曾經讓我熱血沸騰的一切都滲透進了地面，我瞬間被掏空了。我就像曾經裝著美式咖啡的紙杯，最後只剩下咖啡渣。

我一瘸一拐地走向男人，與他面對面，側躺下來。男人半睜著眼睛，一聲不響地躺在地上。他嘴裡塞著口塞球，就算有話想說，也說不出來。我凝視滿臉是血的男人，他的視線也固定在我的臉上。男人望著某人，但既不是有娜，也不是芭妮和蘇。

「這就是你說的真實嗎？」

男人淡淡一笑，但難掩精疲力盡的神色。他到底想要什麼？他到底在蘇身上發現了什麼？我無從得知，但我可以肯定一件事——我什麼也不是。我的大便也什麼都不是，那只是人類的糞便而已。排出體外後，就只是又髒又臭的垃圾，就像我一樣。

「你真的想要？」

男人緩慢地抖動了一下身體。如果是這樣，那意義就不同了。但遺憾的是，男人不可能擁有真實的蘇，也不可能擁有蘇的一切。這世上根本就不存在那些東西。我慢慢地站起來，朝男人身後的窗戶走去。我的右腳無法用力，身體傾向一側。身後傳來男人的呻吟聲，但我沒有回頭。

太陽升起，陽光直射而入。濕漉漉的頭髮搭在肩膀上，烏黑了的腳背，瘀青的腳趾，構成我的一切，暴露在陽光下。我緩緩地坐在窗邊，窗外的城市就像沉浸在巨大的魚缸中。人們在魚缸裡，揉著雙眼，起床、吃飯、生氣、與某人相愛。窗戶上依稀映照出我的樣子。在這個一目了然的世界，只有我是模糊的。我不喜歡這樣的自己。我伸手摸了摸窗戶上的自己，幸好她沒有消失。馬路上的車輛川流不息，路邊的大樹隨風搖擺，掛在枝頭的乾枯樹葉隨風飄落，只有玻璃窗一動不動。不，總有一天，這個玻璃窗也會融化。世間萬物，沒有什麼是永恆不變的。我靠著窗戶，閉上雙眼，冰冷、結實的觸感，就像喬的身體。

那天，最後一次去喬的房間，我們背靠背坐在地上，不發一語，望著不同的方向，沉默了很久。我一面用手指摳著地板紙泛黃的部分，一面問喬：

「喬，你沒有什麼話想對我說嗎？」

「沒有。」

「是喔。」

「妳呢？」

「我也沒有。」

我用手指按住翹起的地板紙，環顧了一圈房間。潮濕的被褥、破損的玩偶、滿是白灰的地面和落在地面上的我們的影子，幽暗的牆壁一角閃爍著投影燈的光亮。光亮過於微弱，微弱到讓人覺得可笑。房間裡的一切依舊如故，但感覺一切都發生了變化。我不會再成為這個房間裡的一部分了。陽光從窗戶灑落而下，我望著巴掌大的窗戶問喬：

「喬，你還記得色情歐巴[32]嗎？」

「誰啊？」

「就是之前我們一起看的日本A片裡，那個老二很大的歐巴。」

「啊，那個留鬍子的男人？」

「嗯，做愛超沒誠意的那個。」

「怎麼突然提起他？」

「他昨天死了。」

「怎麼死的？自殺嗎？」

「不是自殺，好像是盲腸炎。總之是得了什麼病，突然就死了。」

「原來如此。」

「聽說他死了，我又看了一遍他演的A片，看到死人勃起，心情怪怪的。」

「有什麼好奇怪的，本來就那樣。」

「是喔，應該是，本來就是那樣。」

睜開眼睛，天已經徹底亮了。看來我是睡著了。我的右腳腫得很厲害，瘀青的顏色也越來越深。我站起身，但腳疼得邁不開步子。我一瘸一拐地走向衛浴房。我想用涼水敷腳，於是坐在馬桶上，拿起水管。卸下蓮蓬頭的水管流出一股涼水，我用涼水沖了沖腳趾。水涼涼的，我的嘴唇不禁發抖。寒氣沿著小腿散布全身。我看了一眼手錶，已經早上了。我忘了昨晚要做的事。我放下還在流水的水管，站起身，水瞬間流了客廳一地。我小心翼翼地走向沙發，拿起手提包往下倒，黃色的假髮、紅色的繩索、粉紅色的擬真陽具和潤滑液、三根蠟燭、化妝包、網襪和筆電劈里啪啦地掉在被水淹了的地板上。我撿起筆

32　編註：韓文中的「오빠」發音為「歐巴」，指比自己年長的哥哥。

電，用衣服將上面的水擦乾。我無力再多走一步，直接躺在地上。我的背後濕漉漉的。我將筆電放在肚子上，點擊了兩下名為「喬的房間」的檔案夾。幾十支影片和截圖。我熟練地登入網站，同時上傳了那些影片和截圖。大概過了十分鐘，畫面跳出上傳完畢的通知。一如以往，這也是一件再普通不過的事。

喬和蘇的臉浮現在白色的畫面上。

我愣愣地盯著畫面，看了半天，然後關掉網頁，最後刪去「喬的房間」的檔案夾。

我靜悄悄地封印了那時的我們。

我感到全身無力。我將筆電放在一旁，平躺在地。無論怎麼調整姿勢，始終都很不舒服。仔細想來，除了喬的房間，我從沒有舒服地躺過任何地方。地上的水就快沒過耳邊，背部和臀部早已濕透。我會浸泡在水中嗎？我無緣無故地笑了。冰涼的水包圍了我。如果加點熱水就好了，但我當下連一根手指也動彈不得。我決定就這樣躺著。

如果我能就此融化，該有多好，與我體內的殘渣一起流入下水道。沒有必要著急，液體只是在緩慢流淌而已。整座城市正在從高處一點點融化，很快就會淹沒下水道、上水道、地面、圍繞我的一切和整個世界，而且，我們終將會融為一體。

哈姆雷特
怎麼樣？

對某些人而言，二十一歲是充滿期待的開始，但於我卻意味著所有可能性的終結。當時，我曾兩次入選大型娛樂企劃公司的偶像團體出道組，只是最終都以淘汰告終。與偷偷交往的男友結束了可怕的戀情後，我重返了大學校園。

重新入學，充當一次新生。

那時候，我每天早上六點起床，為了不吵醒其他瘦弱的同伴，躡手躡腳地走進練習生[33]宿舍的浴室，盯著積滿不知是誰的頭髮的排水孔洗完澡，出發去上學。走出位於清潭洞的宿舍，得立即坐上開往江北的公車才能準時趕上第一堂課。當時的我有別於同齡一代，正處於對所有事都提不起興致的麻木狀態。我的性格本來就很木訥、不愛計較瑣事，但經歷了前年發生的事之後，我改變了很多。

二十歲，剛上大學，我就被選入了女團出道組。當初我決定讀大學，完全是因為父母。他們堅稱人生漫長艱辛，手上至少要有一份大學畢業證書（他們是對的）。我一心只想出道，所以讀大學成了眾多與我無關的事情中的一件。因為這樣，剛入學，我就毫不猶豫地申請了退學，每天全力以赴為出道做準備。但在眼看就要出道的時候，所有的希望都破滅了。

出道組的核心人物——僑胞成員突然決定回國，退出組合，徹底搞砸了所有的計畫。

失敗會讓人變得成熟。

屁話。失敗只會讓人一敗塗地、一蹶不振。所謂失敗的經驗，就相當於用鋒利的利器切開皮肉，直視內臟中黑黑的部分。（我相信）沒有成功過的人，才會賦予失敗積極的意義。

初識熊熊，是在第二次入學上「話劇與文化」課的時候。

初次體驗大學生活的孩子們，都是一臉懵懂，校園裡的一切讓他們感到既陌生又新鮮，每個人微張著嘴巴，神情中摻雜著一絲期待與興奮。只有我面無表情地坐在教室裡，熊熊主動跟我搭話說：

「哈姆雷特怎麼樣？」

我噗嗤笑了出來。站在我面前的這個男生，身穿嶄新筆挺的格紋襯衫和牛仔褲，腳上是白色的襪子和最近毫無人氣的運動鞋，加上一張圓臉和染得很不自然的棕色頭髮，一看就知道他是鄉下人。熊熊似乎把我的微笑理解為同意了演出哈姆雷特。

33 編註：部分國家的演藝經紀公司有類似職場訓練的藝人培育制度，召募新人後會進行歌藝、舞蹈、談話能力等系列培訓工作。待表演能力達到一定水準後才會正式出道。此類培育制度以針對歌手或偶像藝人為主。

很不幸的是，我為了打發時間而選的「話劇與文化」課，必須要編排、演出話劇。也就是說，期末時，大家都要在學校的小劇場演出作品。表演系的學生互相認識，早已組成小組，選好了入學考試時苦練過的作品。我誰也不認識，最後和英文系的幾個新生分為一組，準備表演「哈姆雷特」。我們之中唯有熊熊的發音最清楚，便由他飾演哈姆雷特，我是唯一的女生，則飾演哈姆雷特的妻子歐菲莉亞。我們對話劇一無所知，齊聚一堂又怎麼可能擦出火花。其他小組不知是因為學分還是新生的緣故，都充滿了熱情，而我混在這些人當中就足已精疲力盡了。不管怎麼樣，我還是很感激他們給了我一個角色。下課後，我們會約在無人的教室或咖啡廳背台詞。大家都夠傻的，記住一句，忘記兩句，反正忘記了也不覺得怎樣。

小劇場進行最後一次彩排時，我突然想起了練習生時期的事。當練習生的那段時間，每個月都要上台表演，接受所謂的「月評」。舞台永遠是測驗可能性的場所，表演時間則決定了每個人未來的人生。因為月評會影響很多事，所以每個瞬間我都很緊張。這樣的日子，我竟然堅持了五年。想到這裡，我不禁很佩服自己。

期末考那天，我們剪了幾塊布料做成戲服，就登上了僅利用幾張硬紙板搭建的舞台。熊熊轉身把手伸向我，然後慢慢道出哈姆雷特既故弄玄虛又肉麻的台詞：

「不要懷疑夜空中的繁星，不要懷疑移動的太陽……」

我們的表演徹底以失敗告終。熊熊不僅忘了兩次台詞，還搞混路線、撞了我好幾次，甚至踩到我利用布料取代中世紀的裙子圍在身上的長布，害我失去重心，摔倒出糗。其他人也分別為搞砸這齣話劇貢獻了一臂之力。五個小組中，我們取得了最低分。說實話，對我而言，這件事就像發生在地球另一端的地震，感覺與我毫無關係，但其他人看起來都很沮喪。在教授提議下，大家在學校門口的啤酒屋搞了一個期末聚餐，我們的心情多少有些低落，也參加了聚餐。

大家坐在髒兮兮的啤酒屋，默不作聲地喝酒，我也覺得尷尬，無話可說，不停舉杯喝酒。我的酒量還算不錯，所以無論誰提議乾杯，都能一飲而盡。英文系的復學生針對我的皮膚和頭圍尺寸說三道四，我還以為那是讚美，看來我也喝醉了。清醒過來的時候，我發現自己正靠在廁所門口，門上貼著廁所男女共用的標誌。頭髮遮住了我的視線，皮鞋的鞋尖沾著來歷不明的食物殘渣。就在我思考自己是誰、身在何處時，一個人抓住我的肩膀。我以比地球自轉還慢的速度轉過頭，看到了熊熊。熊熊半閉著眼睛對我說：

「我喜歡妳。」

什麼？喜歡誰？你喜歡我？神經病，胡說八道什麼？我在心裡嘲笑著熊熊。但回過神時，我已經抱住他了。不，應該是說我靠在他身上。不管怎麼樣，我們都緊緊抱著對方，而且還接了吻。

為什麼會這樣？

嗯，我也不知道。但，當時真的發生了這些事。

▽

我不僅和熊熊接吻，還答應和他交往。若要細究原因，只能說我太無聊了。雖然我們沒有明講說要交往，但熊熊似乎把接吻認定為交往。更好笑的是，我竟然沒有反駁。總之，在我和熊熊演完這齣徹底失敗的話劇時，和我一起練習的練習生們都出道了。音樂台還推出了紀錄她們出道過程的真人秀節目。上學期間，我拍過幾次紙本廣告，所以曠課了兩三次。顯而易見的是，我的日常中心從練習生活轉移到了學業。那些與我朝夕共處、談論男生的女生們都上了最大搜尋網站的即時熱搜榜，娛樂新聞也經常可以看到她們。我把手機和筆電的主頁直接換成了Google。

沒有課的日子，我便無事可做，而且也沒有什麼朋友。之前剛入學還沒來得及適應環境就申請退學了，所以在同學之間，我早就成了S公司的練習生。在走廊徘徊尋找教室的時候，不知從何而來的流言蜚語還會傳入我耳中。

「她是怎麼回事？不是說要當藝人嗎？怎麼還來上學？」

「聽說公司發現她交男朋友，所以被趕出來了。」

「自以為了不起，瞧她那副慘樣。她怎麼不主動打招呼？重新入學算起來，應該是二十四屆吧？」

談戀愛、墮胎、和老闆約會被抓……各種流言都圍繞著我被淘汰的事議論紛紛。我本人最清楚內幕，但無所謂了。畢竟所有團體都會為團結內部力量而尋找犧牲品。我也知道多接觸系裡的人有好處，但現在為時已晚。要我卑躬屈膝地討好別人，太傷我的自尊心了。而且我很清楚，那樣做的瞬間就等於承認自己一無是處。與其屈服於電影系的制度虛偽地鞠躬和前輩們大聲問好，我寧可選擇和熊熊談戀愛。

對當時的我而言，熊熊是唯一一個觸手可及的人。

▽

我出生於京畿道，國三時就搬進了位於清潭洞的練習生宿舍。熊熊與我不同，他考上大學以後才第一次踏上首爾這片土地。熊熊在位於全羅南道的臨海小城市出生長大，進京是為了體驗廣闊的世界——廣闊的世界？熊熊連進京的理由都這麼陳腐、土氣，簡直讓人捧腹大笑。

熊熊說我是他的初戀。他有一個年紀相差三歲的姊姊，但姊姊很早就去大城市讀書了。加上他讀的是男子初、高中，所以除了媽媽，幾乎沒有機會接觸女生。正因為這樣，熊熊和我一起做了所有情侶會做的事。對熊熊而言，所有的第一次就好似空氣一般理所當然，哪怕是如同灰塵一樣微不足道的小事，也會讓他開心不已。

但，根據交往標準的不同——熊熊算是我的第四或第五任男朋友。高一時，我和比我大一歲的練習生交往了一百天左右。我忘記他是來自澳洲還是紐西蘭，總之他韓語不熟練的樣子很可愛，而且個子矮、眼睛小，與我的視線高度差不多（似乎就是從那時起，我開始喜歡矮個兒的男生）。那個混蛋天天纏著我，所以我瞞著最好的朋友開始和他交往。但誰知，他是那種不放過所有新人練習生的混蛋，也因此做了所有混蛋會做的事。我們交往了一百多天，分手以後，他又不停地更換了（和我一樣）膚色光亮的新人練習生。即使經歷了這種事，我之後交往的男友依然很渣、很爛，我也因此醒悟到自己實在識人不清。每次戀愛和分手都讓人很痛苦。每當這時，我都會安慰自己，成年以前認清自己的缺點是好事，要對此心存感激。練習生的本質，不就是透過不斷的練習修正錯誤，幫助自己進步成長嗎？只有這樣思考，我才會覺得自己做得很好。我之所以會持續這種荒謬的自我暗示，是因為這是我唯一能做的事。即使經歷每天十幾個小時的高強度練習、睡眠不足和反覆出道失敗的打擊，我也從沒有想過自殺，說不定正是因為透過這種持續不斷的自我暗示和沒完沒了的評價，培養出了客觀且均衡的思考能力。也許是我盲目的性格搞砸了所有的事。總之，以我交往過的四、五個男友為基準來看，熊熊算是最善良和正常的人了。然而，這種幻想，沒過多久也破滅了。

▽

我最大的失誤不僅是和熊熊交往，還搬去和他一起生活。我從四十二坪的四房宿舍搬出來，行李箱裡只有幾套運動服和內衣。曾經一起生活的八個同期練習生，其中四個出道後搬進了藝人的大宿舍，其他三個則離開了公司。我知道自己再也不用練習，也沒有練習的必要，接受了現實。於是，拖著行李箱去了熊熊家。

抵達熊熊家，我不禁大吃一驚。位於半地下的房子，潮濕就算了，還散發著來歷不明的氣味。早已褪色的冰箱、好似比薩斜塔的衣架，還有掛在上面膝蓋都穿破了的UNIQLO牛仔褲。熊熊不只是本人髒髒的，就連家裡的東西也都髒兮兮的。我感到很荒唐，甚至荒唐到想笑。我把行李箱放在玄關的瞬間，天花板傳來一陣彷彿有人用鉛筆敲桌面的噠噠聲。熊熊難為情地摸著手臂說，那是蟑螂亂竄的聲音。

這裡真的可以住人嗎？

熊熊家裡不僅住著熊熊，還住著寄生在一樓鮮奶宅配處的蚰蜒、米蟲和彷彿童話故事中才會出現的蜈蚣。雖然有很多生物出沒，但也算托熊熊的福——我結識了很多新室友。

搬進熊熊家的第四天，我們擺好小餐桌，以海苔和醬煮黑豆為下酒菜，喝起了燒酒。我靠在醉倒在床上的熊熊背上大喊：

「你別誤會，我不會和你在這裡一起生活，我們才不是那種關係。」

熊熊打起了呼。我踹了一腳熊熊的屁股，補充道：

「無論何時，只要我想，隨時都可以搬離這個破地方。知道嗎？」

瞬間，熊熊的打呼聲停止了。他猛地坐起來，直衝廁所。廁所門關上，傳出了幾次嘔吐聲後才安靜下來。他也沒喝幾杯酒，難道是在裡面睡著了？我想幫熊熊拍背，便去拉開廁所的門。門一開，熊熊倒在地上，脖子上纏著沐浴毛巾。不知道是胃液倒流還是毛巾勒得過緊，他的雙眼充血，雙頰都是口水和眼淚。熊熊就像倒在田地間的稻草人，狼狽的模樣滑稽又可笑。我不禁笑著自言自語道：「鄉下人也會自殺喔？」熊熊靠在廁所的門檻上說：

「我很沒用吧？」

「嗯，很沒用，但人活在世上都這樣。」

「我，真的需要妳。」

「胡說什麼呢？純情漫畫看多了吧？」

「我的生活不能沒有妳。」

「有完沒完，我都起雞皮疙瘩了。」

我笑著解開纏在熊熊脖子上的毛巾。熊熊把手放在我的手背上，默默地看著我的雙眼。

神經病！

騷動結束後，熊熊乖乖地鑽回被窩，就像沒發生任何事般又打起呼睡著了。我看著熊熊熟睡的臉龐，心中升起一種不祥的預感。

熊熊是第一個說需要我的人。在此之前，我就是一個隨時可以被取代的商品而已。比我會唱會跳、光鮮亮麗且有存在感的人比比皆是。經歷過兩次入選出道組和數度的淘汰，我清楚明白自己就是一個可以隨時被取代的人，唯有認清自己的價值才能不被現實擊倒。但，很奇怪的是，每當熊熊又厚又醜的熊掌放在我的手上時，我都會有一種重新領悟人生的感覺。例如，我以為根基穩固的現實，其實就只是滿天亂飛的氣球。現實既不精緻也不美好，生活中也沒有所謂的練習，當下的瞬間就是我的人生。

那天之後，我還是會隨手抓起《莎士比亞論》或《英美詩的理解》等書替害怕蟲子的熊熊打蟑螂。打開破舊的電視機，觀看曾是練習生時期的朋友們登上年底歌謠大賞舞台的節目表演。同時，我也在認真思考，為什麼我會選擇這麼糟糕的男人。

▽

熊熊的酒量不好，也不喜歡喝酒，但還是經常喝酒。我也不只喜歡喝酒的氛圍而已，而是真心很愛喝酒的人，所以經常和他兩個人把蝦餅或拉麵當作下酒菜一起喝燒酒。熊熊似乎無法接受這樣的自己，每次喝酒他都會砸壞東西，而且經常弄傷自己。喝醉的熊熊會以口音很重的方言嘟嘟囔囔，一面唉聲嘆氣地呼喚父親的大名，一面用頭撞牆，又或者是邊哭邊揪著指甲肉刺揪到出血為止。有一次，熊熊對我說，這都是他的錯，還不停地打自己耳光，最後打到嘴唇出了血。他是怎麼了？據我所知，熊熊的父母不過就是種植水稻的普通農民。我可以想像出的農村家庭，就是蹲在田地裡的善良夫妻，頂著大太陽，汗流浹背地幹活，然後回家圍坐在餐桌前喝米酒而已。難道熊熊的爸爸會酒後施暴？如果不是，他怎麼會這樣？我不禁感到很慶幸，因為我還沒有像他這樣不可救藥。看到熊熊總是折磨自己、對自己不滿時，我都會莫名的覺得他很可憐，甚至非常心疼。每當我下定決心要和熊熊分手，熊熊都會握住我的手說：

「幸好有妳在。」

就這樣，我心一軟，心想分手以後就沒有人陪我講那些（現在已經是明星的）練習生的壞話，也沒有人每天陪我喝酒了。想到不知道該如何面對分手後的無聊日子，我又打開了行李箱決定留下。那段時間，我不知道反反覆覆地整理過多少次行李。

我也瘋了吧。

▽

第二次坐上救護車時，我不禁心想，如果熊熊對我施暴該有多好。如果他打我或刺傷我的話，我就可以輕鬆地離開他了。上一次，他是喝下漂白水和洗髮精試圖自殺。這次則是用水果刀割了手腕六下，最後一刀很深，可能是認真的，結果割斷了兩根神經。我用拍雜誌和化妝品廣告賺的錢，付了熊熊的手術費。熊熊和我道了歉。

那時，不知道是因為乾旱收成不好還是政府農業政策有問題，熊熊母親的老朋友騙光他們的錢跑了。因為這樣，熊熊家遇到了突如其來的困難。家裡通知他，再也拿不出他的房租和學費了。熊熊這才打起精神，把每週喝酒的次數從八次減少到四次，手上的石膏還沒拆就去鐘路的外語補習班當講師。

熊熊減少喝酒次數之後，出現了嚴重的失眠情況，經常熬夜到天亮。

我睡覺的時候，總覺得有人碰我，睜眼一看，熊熊正坐在床上看著我。

「妳說夢話，吵醒我了。」

「你胡說什麼？」

熊熊說我閉著眼睛不停地嘀咕「選我、選我」，還哽咽地大喊「救命」。啊，原來我醒來後覺得嗓子很痛是因為說夢話！我可真好笑。我笑了。

凌晨三點，我徹底醒了。我打開電視，調小聲音，觀看著無聊的綜藝節目。熊熊打開小餐桌，看起了英文文法書。電視畫面下方跑出一則新聞：我的第一個男人——禿頭王八蛋，因涉嫌販毒被捕。我淡淡一笑，走到冰箱旁，從整箱橘子裡挑出還沒爛掉的那顆。橘子很甜，我吃了一半，把另一半塞進熊熊嘴裡。熊熊說他的腿冷，我們就並排坐在一起，蓋上被子。

即使是冬天，房間裡也很潮濕。但奇怪的是，皮膚卻越來越乾燥，就算塗了高保濕的補水面霜和潤唇膏也沒有任何效果。熊熊也是如此。我們不停抓著已破皮、泛白的皮膚，回過神時，我們的全身已長出了形態奇妙的濕疹。

我們決定把濕疹視為我們的孩子，還為它們取了名字：一號雪花、二號雪花、三號雪花、四號雪花……數到五十的時候，我們忍無可忍，跑去看了皮膚科。醫生診斷說，這不是傳染病，只是牛皮癬的一種，是免疫力的問題。醫生提醒我們要小心壓力、乾燥和灰塵多的地方。但我和熊熊都知道，沒有錢的話，根本無法避免其中任何一個問題。

很長一段時間，我和熊熊躺在床上，蓋著蠶絲被，互相監督，不能抓皮膚。儘管我們發揮了最大的耐力，但最後還是癢得忍無可忍，互抓了半天的背以後，再互塗類固醇藥膏。

到了夏天，情況才略有好轉。說是好轉，並不表示有什麼戲劇性的變化。到了酷暑，我們熱得根本睡不著覺。雖然買了工業用的大電風扇，還是悶熱難耐。我和熊熊彼此離得遠遠地，躺在地板的涼蓆上。自從更換新藥以後，熊熊只要闔眼就能入睡了。熊熊收到了入伍通知書，他拿著身心科和皮膚科的診斷書去了兵務廳，但聽說還要做幾次檢查。

熊熊邊上學邊就醫，但仍然沒有辭去補習班講師的工作。聽說選他的課的學生越來越多，之前只有週一和週三有課，現在一週七天都要去上班。起初熊熊只是想賺點吃飯錢，後來他乾脆連我的房租也能一起付了。

熊熊的睡眠品質還是不好，看上去總是面帶倦色，但他的表情帶著一種從未有過的堅毅，而且一直默默做著所有的事。熊熊再也不割手腕或吞一些奇怪的藥了。看到熊熊的變化，我很開心，但偶爾也會覺得很沮喪。他現在還需要我嗎？我很想問他，但這種話太肉麻了，只好作罷。

那年夏天，我在漢南洞的咖啡廳洗杯子的時候，接到了之前娛樂公司打來的電話。我剛開始當練習生時，那個人還是實習生，如今他已經做到了代理。當年十六歲的我，如今也二十四歲了，人家能做到今天的職位也是理所當然的事。她就像打電話給家鄉的親妹妹似的，以無比溫柔的語氣告訴我，電視台準備推出一檔選秀節目——從長年無法出道的練習生中進行選拔賽，組團出道。她還說，如果我答應出演，可以將我設定為「當年差一點就能以人氣女團出道，但現在只能靠打工維生的老練習生」這樣的角色。她最後補充說，我肯定會成為熱門話題，運氣好的話，出道的可能性也很大。

「我們為什麼非得找妳呢？因為妳有潛質。妳很優秀。」

我很優秀的話，你們為什麼要淘汰我呢？

掛斷電話，我喃喃自語。

那天晚上，熱得不得了。

我和熊熊就像之前一樣，提著涼蓆去漢江散步。那裡有很多穿著流行運動服飾的人，牽著流行飼養的寵物狗，在漢江邊散步，我和熊熊看著那些不是過瘦就是過胖，又或者大得離譜的狗說：

「以後我們也養一隻長得滑稽可笑的狗吧？」

「好，等你找到工作、我出道以後，我們買個房子，裝上空調，再養一隻狗。」

「還有貓。聽說貓很會抓蟑螂。」

「好，再養一隻貓。」

眺望著漢江對面的燈火，我回憶起離開的那個世界。我似乎把堅信可以為了公司、宿舍和夢想付出一切的時光，留在了那個世界，除了比別人纖細的四肢和白皙的皮膚以外，我沒有任何特別之處。然而，我還是期待著平凡的日常會發生不平凡的事。我不由自主地將手伸向隔岸的燈火。

「好奇怪。彷彿伸出手就可以碰到。但太遠了。」

「當然了。不是隔著一條江嘛。」

「熊熊，我一直以為自己很特別，但其實我只是希望自己變得很特別。」

「妳很特別啊。」

「不，希望變得特別，就表示一點也不特別。」

「妳非常能喝酒。這不算特別嗎？」

「真正特別的人，會理所當然地覺得自己很特別，他們本身就會發光。」

「那樣很好嗎？」

「我一直很難過——自己不是那樣的人。」

熊熊看了我一眼，臉上流露出「這種事有什麼好難過」的表情，然後又專注地滑起手機。熊熊盯著手機畫面說，房東把房租的押金加到了三百萬韓元，他剛剛把錢轉給了房東。我問他哪裡來的錢？他說把存款都匯過去了。哇，熊熊竟然還會存錢？他之前常常自殺的時候，連兩萬韓元的藥費都要跟我借。我看著熊熊，他那張平靜的臉和我們剛開始交往時一模一樣，但感覺有些不同了。熊熊的雙腿本來就比我粗，個子也比我高，但，奇怪的是，交往以後，我才覺得他徹底長大了。無論怎麼想，我都覺得很不可思議，曾經像個孩子的熊熊終於長大了，漸漸變成了再也不需要我的大人。

▽

電視突然壞了。狗血劇中的主角們誇張地揪著彼此的頭髮，大喊大叫，突然間畫面全黑，冒出黑煙。熊熊的腰不好，我幫忙一起把電視移到外面。電視重得要死，搬運過程中，我不禁又後悔起沒有選對男人。熊熊躺在床上，我踹了一腳他的屁股。

「熊熊，你打電話給環保局，約一下回收時間！」

每天早上出門時，我都會看到那台電視還放在電線桿旁。我也想過親自打電話，但也只是想想就算了。我既要上學又要打工，忙著忙著就忘了這件事。雖然催促了熊熊幾次，但他的記憶力比我還差。就這樣，有一天，那台電視突然不見了。

▽

參加選秀節目以前，我決定把存款投資在美白皮膚和牙齒上，也告訴熊熊，我打算搬走了。熊熊思前想後，乖乖地同意幫我找房子。我把打工存下的下學期學費拿去付了訂金，做了八顆牙齒的瓷牙貼片。

做完瓷牙貼片，我站在鏡子前，咧嘴一笑，牙齒白得不得了，甚至有些泛藍。而且因為經常喝酒的關係，我的膚色顯得更黃了。

我前往位於一山[34]的大型攝影棚參加面試。我告訴熊熊會先搬到位於狎鷗亭的阿姨家，三年前，阿姨就賣掉公寓搬去楊平了。我把大部分的衣服裝箱寄回父母家，行李箱裡只放了幾件平日需要穿的衣服、羽絨衣、內衣、牙刷、洗髮精和吹風機。首場預選的錄影為期半個月，但要想晉級登上直播舞台，需要兩個月的時間。以時間來推算，那時就是冬天了。我把捲起後體積會變小的羽絨衣塞在行李箱的最下面。熊熊在延新內[35]租了一間單人房，我用他還給我的一半租房押金付掉了美白牙齒的餘額。再過幾天，熊熊就要接受兵務廳最後一次複查，所以這幾天他又失眠了。我看著好不容易入睡的熊熊，摸了摸他手腕上的傷疤。傷口癒合的部分變硬了，我用手指反覆摸著那道細長的傷疤。我已經不記得我們是從何時開始，再也不牽手睡覺了。

我們的選秀節目開始播出了。

我以「曾入選人氣女團出道組但最終遭到淘汰的大齡練習生」身分受到了矚目。節目中的我，臉上掛著大大的黑眼圈，練舞總是很費力的模樣，不然就是背靠著牆一付毫無動力的樣子，顯得很衰老似的。節目組在我的名字前面加了一個修飾詞——阿姨。每次我登場時，畫面下方都會出現老人的插圖和字幕。可能這就是他們為我設定的角色吧。演出人員之間傳出最終人選早已確定的傳聞，所以大家都在為爭取戲分絞盡腦汁。看著這些孩子，我不禁想起了當年身為練習生的自己。不知為何，我真的像阿姨般以十分冷靜的視角觀察著她們沸騰的能量。節目剛播出那段時間，我的名字也上了兩三次搜尋網站的即時熱搜榜。

▽

十天後，節目組把第一天錄影時交出的手機還給了我們。我拿到手機，趕快打電話給

34 編註：位於首爾郊外西北部，是首爾的衛星城市。位於這裡的電視台也常在附近的街道和大廈拍攝取景，因此經常可以看到韓國明星的身影。

35 編註：位於首爾恩平區。

熊熊。複查也有了結果。

「那個——我還是得服兵役，而且因為年紀大，接到通知後，下個月就要立即入伍。」

熊熊說完就哭了。是啊，我們的年紀都大了。我咬緊下嘴唇。熊熊哭著問我為什麼不接電話，我無言以對。我掛掉電話，欲哭無淚，心情十分沉重。

沒有需要聯絡的人，也沒有必要聯絡誰，我馬上停用了手機。這是遲早該做的事。不，我早就該這樣做，現在是最好的時機。一切都會沒事的。

那天晚上，我躺在床上，翻來覆去，怎麼也睡不著。每次翻身，節目組準備的廉價雙層床都會發出刺耳的聲響。由於連日高強度的錄影，大家回到宿舍連妝也沒卸就睡著了。睡在我下舖的孩子打著呼，她還是十五歲的國中生。在這間六人宿舍裡，我的年紀最大。我現在在這裡做什麼呢？我覺得自己唯一的優點就是，知道自己該在什麼時候離開。

失眠的我，躺在床上，望著天花板，眼前的天花板彷彿快要壓在身上了。我伸出手臂，碰觸到了涼涼的天花板。我覺得自己被沉重的什麼壓扁了。

五週後，我被淘汰了。雖然我擠進了直播的排名，但最終還是未能出道。明顯整過形的評審說，雖然我的唱歌跳舞能力都很強，但缺少特別吸引人的魅力。這是理所當然的結果。在十幾歲的孩子中，我這張臉既顯老又很憂鬱。之前與我同為練習生的人，除我之外，其他人如今也都成功出道了。難道是因為牙齒的顏色與膚色不符？每次喝水的時候，做過瓷牙貼片的門牙都會隱隱作痛。我不禁覺得可笑，這不是和老人一樣嗎？我為過冬準備的羽絨衣都沒機會穿，便又放回了行李箱裡。

▽

最後一次錄影時，我就知道自己會被淘汰。因為時間到了。而且這種預感每次都很準。彩排開始，天花板的燈光亮起，我把手伸向天花板，遮住雙眼。明亮的燈光觸手可及，但我知道碰觸不到。對某些人而言，二十四歲還是沒有開始做什麼的年紀，但我卻為了自己，學會了放手與放棄。我看著指縫間的燈光，突然很想哭。媽的，真是夠慘的。怎麼在這種時候想哭呢？我無法想起思念的人的臉龐和聲音，但幾句台詞卻浮現在腦海中：

不要懷疑夜空中的繁星，

不要懷疑移動的太陽。

妳可以懷疑真理變成謊言，
但永遠不要懷疑我的感情；
只要這個身體屬於哈姆雷特，
他便永遠屬於妳。

燈光從我的指縫間投下。
曾經有人緊握過我的手。
熊熊，
我的哈姆雷特。

陶瓷

恩珠拿著修眉刀站在鏡子前，我坐在她身後，仰頭看著高大的她。修眉毛的沙沙聲傳來，恩珠慢條斯理地化完妝，把手伸向我，我縮了一下肩膀。她拂去我肩上的灰塵，說：「我的乖兒子真漂亮。」恩珠走到衣櫃前，選了一件貼身洋裝，再套上一件藍色大衣，然後一面用手指梳理頭髮，一面往玄關走去。我偷偷地把化妝檯上的修眉刀放進口袋。恩珠將腳伸進藍色的高跟鞋，身體失去平衡，晃了一下，但沒有摔倒，接著便用身體推開玄關門，走了出去。她快步走在前面，我與她保持兩步之遙，盯著她的腳踝，緊跟在後。她每走一步，鞋跟都會晃一下。

「幸福的生活在等著我們。」

恩珠頭也不回地說道。沒有人會相信總是腳踩高跟鞋、抬頭挺胸的恩珠，會有一個十二歲的兒子，而且，所有見過她的人都會稱讚她的美貌。至於為什麼，我就不得而知了。抬頭挺胸的恩珠，看上去比任何人都自信滿滿，但她的腳跟卻在她毫無意識的情況下，一直不安地晃著。

用紅磚高高砌起的尖塔型建築顯得與社區格格不入，建築頂端懸掛著巨大的十字架。熙熙攘攘的教堂門口掛著白色的橫幅，上面寫著：啟動第四社區更新奉獻彌撒。

恩珠自從開始進出教堂，就常見到社區內四處可見的橫幅，內容全部相同。聚集在教堂的人們臉上洋溢著幸福的笑容，就像參加慶典似的。鐘聲響起，人們走進教堂，恩珠也跟著人群走了進去。我在外面等著，很快地，四周便安靜下來。我坐在聖母像旁的長椅上，聖母像歷經風吹雨打，臉上籠罩著暗影，臉頰上的裂痕好似抹不去的淚痕。教堂裡，聖歌響起，我望著聖母空洞的雙眼，就像在和她比賽誰會先眨眼，但我知道她永遠都不會輸給我。

某處傳來流水聲。我轉頭一看，一個高大的男人揹著背包，站在原地，他緩緩傾斜寶特瓶，正在讓瓶子裡的水流出來。我起身朝男人走去。男人凝視著地面，自言自語道：

「我在餵蜥蜴喝水，這樣牠就可以活過來了。」

地面上黏著一塊黑黑的口香糖。男人面無表情，又往口香糖上倒了一點水，見瓶子空了，他又從背包裡取出一瓶，然後移動幾步，倒在另一塊口香糖上。我以和男人相同的速度跟在他身後，突然有人從我身後抓住我。

「幹什麼跟著人家走。」

是恩珠。男人已經走遠，還在往地上倒水。恩珠看著男人說：

「他是個瘋子，兒子死後就瘋了。」

恩珠粗魯地抓起我的手臂，把我拉進了教堂。我邊走邊看向男人，男人垂著頭，臉上籠罩著暗影。

恩珠拉著我的手，坐在木製長椅上。高高的大理石祭壇上擺著一張鮮花點綴的桌子，身穿白衣的老神父站在桌後。他的聲音從音箱傳出，人們聽從他的指示站起、坐下、閉上眼睛或開口唱歌。無聊的祈禱和歌聲持續了很久。我的眼皮越來越沉，忍不住打了個瞌睡。醒來時，人們已在神父面前排成了長龍，大家按順序跪坐在神父面前，接過一張白色小紙片，放進嘴裡。身穿白衣的神父說：

「這是我的肉，為你們捨的。」

據神父說，那圓圓的小紙片是某人身上的肉。也許那個人就是寬恕、救贖恩珠的神吧？難道神有不斷長出新肉的超能力？在我思考著神如何長出小紙片般的新肉時，恩珠已走到神父面前，跪坐下來。恩珠張嘴吃下圓圓的小紙片，道了聲「阿門」。為了得到某人的救贖，一定要吃下他的肉嗎？恩珠走回座位，我問她是什麼味道？她輕輕敲了一下我的額頭，說那是為了得到寬恕與救贖而吃下的聖體，哪有什麼味道。我不明白她在講什麼，用力咬住舌頭，只嚐到鮮血的味道。

恩珠提及寬恕與救贖這類事的時間並不長。據她說，她是去教堂聽了如何獲得寬恕的課程，透過洗禮得到了救贖，因此有了一個證明被救贖的名字——克拉拉。

「我的胸口無比炙熱，眼前出現一道光——一道溫暖的光。我張開雙手，擁抱住那道光，感覺自己彷彿洗清了所有的罪過。人世間所有的愛恨情仇也失去了意義。迎見神的瞬間，我變成了接近神的新人。」

恩珠說，因為救贖的體驗太過強烈，所以那些曾經覺得很重要的事，如今都變得沒有意義了。她還說，因為我沒有懺悔、懇求饒恕，所以得不到新的名字。恩珠覺得很惋惜，希望我也能得到這樣的幸運。但我覺得沒有這個必要。

從那之後，沒多久，老公寓社區便出現了翻新社區的傳單，教堂停車場的空地上也莫名其妙地冒出了一個名為「聖靈環境保護開發聯合事務所」的辦公室。恩珠興奮不已地說，這是神回應了她的祈禱，是神賜予的恩寵。那個神只屬於恩珠一個人嗎？我不知道。

彌撒結束後，人們三三兩兩地聚集在教堂門口，容光煥發的恩珠也夾在那些衣著端莊的人之間。他們稱呼恩珠為克拉拉，我則和往常一樣，站在距她兩步之遙的地方。恩珠和信徒們愉快地聊了半天，然後就消失不見了。也許，今天她也會喝酒喝到很晚才回家。我一個人站在遠離人群的空地上，隨後邁開腳步。我該回家了。

我被敲門聲吵醒。敲門聲十分急促，響了一陣子才停，接著便傳來鑰匙噹啷的響聲，鑰匙插入門鎖，頗有歷史的玄關大門發出近似哭泣的聲響，應聲而開。我握住口袋裡的修眉刀。恩珠身穿藍色大衣，站在門口，她的呼吸散發著濃烈的酒氣。我與面紅耳赤的恩珠四目相視。我試圖轉頭，但為時已晚。

「你為什麼不開門？」

我很想回答，但舌頭僵住了。反正這也不是尋求答案的問題。恩珠穿著高跟鞋走進客廳，狠狠打了我一個耳光，然後叫喊道：

「犯了錯就要付出代價！」

她拽住我，我則伸手推了她一下，兩人同時栽倒在地上，我攥在手裡的修眉刀也掉在地上。恩珠迅速騎在我身上，把我壓得動彈不得。我拚命掙扎，但始終無法掙脫。她的臉漸漸靠近我的臉，我緊閉雙眼，屏住呼吸。恩珠用滾燙的臉蹭著我的臉頰說：

「乖兒子，媽媽愛你。」

恩珠的雙眼就像發光體，散發出不祥的光，她吻了一下我的嘴唇。我口中的血液四散開來。我緊閉雙眼，屏住呼吸，全身緊張地忍受著她的一舉一動。

「你這是什麼表情？不喜歡我嗎？」

恩珠伸手按住我面目猙獰的臉，她的指甲刺痛我了，接著她又用雙手狠狠地抓著我的臉，哭了起來。

「沒有人愛我。」

我喘不過氣來。我拚命掙扎，想擺脫她的魔爪，但我越是掙扎，她越是用力。難道她擁有神一樣的神力嗎？難道這就是人們稱讚她的美的原因嗎？不知不覺中，她的手失去了力氣，我急促地喘氣。她爬起來，走向櫥櫃，取出一瓶紅酒，坐在餐桌前。恩珠嘟嘟囔囔地試圖空手打開紅酒，但，最後酒沒打開，她先趴在桌上了。我靜靜地躺在地上。很快地，她的呼吸聲音有了規律，整個家才迎來平靜。我慢慢站起來，不知是不是盆骨有問題，身體總是往一側傾斜。為了不吵醒恩珠，我小心翼翼地打開玄關大門，走了出去。

我赤腳沿著走廊往前走。每邁一步，走廊的感應燈就會亮起來。我走到走廊盡頭的大門前，敲了一下門，門開了。

M。

她留著齊肩短髮，站在門口，穿著制服。難道是在等我嗎？不可能。她像往常一樣，睜著沒有雙眼皮的小眼睛，面無表情看著我。

「你媽也是個瘋女人。」

我微微一笑，什麼也沒說。因為嘴巴很痛，我的表情似乎很尷尬。

「你又笑得那麼詭異。」

M走進廚房，幫我做了一個冰袋。

「把這個敷在臉上。」

我聽從M的指示，把冰袋敷在臉上，在沙發坐下。M也坐下，翹著二郎腿。她身穿制服，說剛從學校回來，還和我抱怨著因為要報考知名高中，所以週末也要去上學，但根本不知道這一切有什麼意義。M的成績不算優秀，卻執意要讀知名高中。她說這都是為了去美國念大學做準備，因為家裡最喜歡的大姊已經在美國定居了。

「你媽還去示威嗎？」

我點了點頭。

「我家也是。他們好幾天沒回家了。爸媽去也就算了，連我二姊和大哥也跟去了。他們說要是不採取行動，工廠就得關門。」

我猜M家參與的示威應該跟恩珠和那些信徒參加的示威類似。之前我聽到恩珠和那些信徒談論M一家人，內容是關於M家遭遇的悲劇。

「他們家第五個孩子，就是那個老么，不是死了嘛。」

「真不知道他們是怎麼想的，如今這種世道，竟然還生了五個孩子。」

「聽說他們的教義，不許避孕。」

「天啊，竟然還有這麼野蠻的教義。」

「拚命生那麼多孩子，肯定有原因。聽說僱用外勞更便宜，賺的也多。他們在工廠附近非法蓋房，還建了一個異端教會。」

「我的天啊。阿門。」

我問恩珠避孕和外勞是什麼意思，恩珠沒有回答，而是貼著我的耳朵說：

「你以後離他們家的小孩遠點。」

隨便囉，反正這件事跟我沒有任何關係。

M繼續講著圍繞工廠發生的紛爭，以及涉及這件事的人們。

「我真不知道大家為什麼爭吵。趕快結束算了。」

客廳堆滿了雜物，根本沒有落腳的地方。大型壁掛電視、羊皮沙發、跑步機、曬衣架和書。M說，家裡的雜貨，都是年過花甲的父母下班後在電視購物台買的。

「人老了就該死。」

M滔滔不絕地講了半天，見我毫無反應才閉嘴。我覺得無聊，放下冰袋，隨手撿起一本地上的書。那是科學全集中的一本。人體百分之七十都是水，鉀的火焰呈紫色，心臟跳動才會供應身體新鮮的血液。我覺得科學書也很無聊，起身走向客廳另一側的書櫃。M家都是整套的全集書，似乎都是透過電視購物買的。我常翻看這些書，掌握了比在學校學習還多的知識。我猶豫了半天，最後拿起一本從未見過的童話書。書中講述了一對在森林裡迷路的兄妹把麵包丟在地上的故事。我問M：

「他們為什麼要把麵包丟在地上？」

「為了告訴別人他們還活著。」

「萬一麵包被人吃了呢？」

「那就沒人知道了。」

「沒人知道他們還活著？」

「嗯。」

M翹著二郎腿，說完便換了一條腿。這時，M的眉間擠出一道宛如刀疤般的皺痕。M氣呼呼地摸了一下沙發，舉起什麼東西。M手裡拿著圓珠狀的小碎片。

「又是陶瓷。」

M把陶瓷扔進垃圾桶，感嘆真是受夠了。家裡到處可見各種各樣的陶瓷碎片，不小心就會踩到。

「就因為這些垃圾，住在這種爛地方，真是煩死了。」

M起身走進房間，我把書放在沙發上，緊隨其後進了房間。房間裡擺著雙層床和大型的鐵製收納櫃。M說那都是大姊用過的東西，每次進來都會覺得像走進宿舍或收容所。M接著說：

「這個家裡沒有一樣東西是我的。我受夠了這裡的一切。」

M鎖上房門。她明知夜裡沒有人回來，但每次都鎖上房門。接下來將要發生的是不能讓別人知道的、只屬於我們兩個人的祕密。M掀起裙子。

「但你例外。」

在M身後有一扇窗戶，面向走廊的窗戶，安裝了防盜窗。防盜窗的影子落在M的後腦勺和我的臉上。M傾身親吻我，我抱住她，然後張開嘴巴，她的舌頭進入我的口腔，我們的唾液混合在一起，一股血腥的味道。我躺在床上，她騎在我的大腿上，脫下我的T恤，親吻我白皙的身體。我們赤裸著身體，疊在一起，M就像講話似的發出高低起伏的呻吟。從她嘴裡發出的呻吟，比她講過的任何一句話都更清楚表達了她自己。我也發出了從未有過的聲音。我們的身體動來動去，鼻子和嘴巴熱得都要融化了，來歷不明的液體在我們的身上流淌。那是很腥很熱且帶有血味的液體。我閉上雙眼，彷彿身體被她吸收成了她的一部分。我們同時抵達高潮，然後平靜下來。不知不覺間，我們變得什麼都不是了。

我們並排躺在床上。一道微弱的光，透過防盜窗，照在我濕濕的指甲上。M把手疊放在我的手掌上。她的手比我稍大一些。但很遺憾的是，我的手指很短，無法伸進更深的地方。我想擁有像她一樣長長的手指。我坐起身看向M，她閉著雙眼，彷彿戴著陶瓷面具。M起身打開燈。老舊的日光燈燈光一閃一閃落在身上，讓身體看上去就像在顫抖一樣。燈光刺眼，我伸手遮住光亮。到了該回家的時間，下床時，腳底好像踩到了什麼東西。我取下黏在腳底的東西一看，是一顆灰色的陶瓷球。多少度的高溫可以燒出這樣的陶瓷球呢？我把陶瓷球放入口中，味道又腥又苦，而且還有點鹹。

「這就是我們度過的時間的味道。」

我含著陶瓷球，走回恩珠家，恩珠趴在餐桌上熟睡，流著口水。我小心翼翼地把椅子移到櫥櫃前，踩上椅子，取下櫥櫃最頂層的玻璃瓶。各種顏色的陶瓷球已經裝了半瓶。在恩珠家，只有這個玻璃瓶屬於我。我打開塑膠瓶蓋，吐出嘴裡的陶瓷球，濕濕的陶瓷球掉進瓶裡。我把玻璃瓶放回原位。

恩珠動了一下，睜開了眼睛。她醒來後會上演另一場悲劇。恩珠看到站在櫥櫃前的我，尖叫了一聲，然後搖晃著身體走過來，抓住我的臉頰。黑色的眼淚掛在她的眼角，我迴避她的視線，看到她褲襪胯下破了一個洞。她問我是誰幹的？我無言以對。她又問我，為什麼不逃走？為什麼我們這樣活著？我也不知道。她接連問了幾個我無法回答的問題。

「死掉算了。」

她重複著這句話。但我知道，即便她這樣講，其實還會活很長的時間。她每天酗酒，總是把這句話掛在嘴邊，然後慢慢地老去。我比她矮十公分，不會變老，也無法死掉，只要我還活著，就永遠得待在這裡。

「我們都帶著原罪誕生於世，而且活在罪惡中。但重要的是，要有一顆悔改之心。只要放下一切，向主贖罪，擁抱祂，就可以了。」

放下什麼，又要擁抱誰，我聽不懂她在講什麼。恩珠從來沒有對我說過一句對不起，她只是不停地告訴我要做什麼。眼妝花了的她抱住我，用冰冷的手撫摸我的額頭。她吃力地站起身，手扶額頭，搖搖晃晃地走進了房間。我看著她的背影，緊緊咬住嘴唇，撿起掉在地上的修眉刀放回口袋裡。幸好她沒有察覺出我的敵意。沒過多久，房間裡傳出了打呼聲。我躡手躡腳走進房間，恩珠張著嘴巴，睡得很熟，她的裙子已經捲到腰間了。我取出口袋裡的修眉刀，握在手裡，盯著她看了半天。透過化妝檯的鏡子，我看到了一個肩膀又窄又下垂的孩子。這個小小的身軀做不了任何事。我轉身看向鏡子中的自己，鏡子裡的我眨著悲傷的眼睛，看上去無精打采。恩珠常說我的眼睛長得像爸爸一樣愚蠢，但我不這樣覺得。隨著年紀增長，我越來越像恩珠了。想到恩珠滔滔不絕講話的舌頭，我不禁覺得活著就是一種罪惡。我伸出舌頭，舌頭上有一道彷彿蟲子啃食過的、黑黑的疤痕。舉起修眉刀時，我才意識到自己的手在顫抖。我用力在舌頭上劃了一刀。在感受到疼痛以前，舌頭上出現了一道紅紅的線。肩膀尚未癒合，今天又多了一道刀痕。嘴裡都是血，這就是罪惡的味道。我感受著舌頭上的血腥與苦澀，心想：

不要忘記，活著本來就是這種味道。

這世上似乎有很多和恩珠一樣的人。恩珠去的教堂，每週都會舉行保護環境的彌撒。彌撒結束後，恩珠就會和信徒們舉著大型標語前往市廳或工廠。恩珠早出晚歸的日子越來越頻繁。有一天，恩珠髒兮兮地回到家，她心愛的藍色高跟鞋都是劃過的痕跡，頭髮也亂蓬蓬的。但她的心情似乎很好，還吹起口哨。

「我們今天教訓了那些惡人。」

恩珠連褲襪都沒脫，就從櫥櫃取出紅酒和酒杯，坐在沙發上喝起紅酒。我保持警惕，坐在沙發上。恩珠興奮地說：

「我們親手毀了建在工廠附近的非法建築。那些髒兮兮的傢伙死賴在地上阻止我們，但我們取得了勝利。多虧了主的幫忙，我們把那些非法建築和他們的東西都燒了。」

恩珠摸了摸我的頭，我閃躲了一下。難道那不是縱火嗎？

「別擔心。無論發生任何事，我都會守護你的。」

我不知道她要守護我什麼。我低下頭，移動身體，遠離她的手掌。恩珠哼著歌，還說那些外國人都會回國，工廠也會改建成公園。我一邊心想那些人的祖國在哪裡，一邊看著恩珠脫下大腿破了洞的褲襪。

我從恩珠的床上醒來時，她已經不見人影，似乎一大早就出門了。

我馬上去了M家。我就像M的影子似的，躺在如同收容所的房間裡。

那是一個漫長的下午。M穿上裙子，走出房間，坐在沙發上，她靜靜地坐了很久。我也坐在她身旁。那天M沒有像平時一樣滔滔不絕，而是變得罕言寡語了。我問她發生了什麼事，她簡短地回答說：

「今天是妹妹的忌日。」

我難以忍受這種與過往不同的沉默，於是拿起遙控器打開電視。

畫面中出現一個老人。老人坐在牆角，面容憔悴，十分衰老，難以分辨性別。老人視線停留之處，可樂瓶如同磚頭般堆積如山。其中一半是喝光的空瓶，一半是還沒開的可樂瓶。老人呼吸緩慢地緩緩站起身來，他穿著四角內褲，大腿上的肉所剩無幾，像液體般垂下。他拿起一瓶可樂，然後用骨瘦如柴的手非常緩慢地擰開瓶蓋。如此微不足道的小事，老人卻要集中全部的力量。他擰動瓶蓋的手一直抖個不停。擰開瓶蓋後，老人喝了一口可樂。他的牙齒都掉光了，張開的嘴就像黑紅的沼澤。就在我心想老人要如何講話和吃飯時，畫面下方出現了一行字幕：只喝可樂的男人。如果只喝可樂，自然不需要牙齒。瞬間，他喝光一瓶可樂，一行可樂沿著嘴角流了出來。M看著電視說：

「你知道人死後會怎樣嗎？」

「不知道。」

「死了，就什麼都不是了。」

我心不在焉地聽著。

「在極度高溫下，人與泥土、陶瓷，沒有任何差別。」

「妳在說什麼啊？」

「高溫之下，身上的肉和內臟都會燒光，最後只剩下骨頭。你知道之後會怎樣嗎？」

「不知道。」

「放進攪拌機攪碎成粉末。骨頭的粉末摸起來就與泥土和陶瓷一樣，不覺得很好笑嗎？」

一點也不好笑。我歪著頭，根本聽不懂她在說什麼。

「陶瓷是用泥土製成的。泥土和人都來自地球，都是一樣的成分。」

如果是這樣，那我和M也是同樣的成分製成的？M發出沙沙聲，快速搓了半天手掌，然後把手伸到我的鼻子前。

「你聞聞看，是不是有泥土的味道。」

我點了點頭，M淡淡一笑。那是久違的笑容。

畫面中的老人喝完可樂，用手掌擦拭地上的灰塵。狹小的房間落滿灰塵，老人的手掌變成了灰色。電視裡傳出女人笑嘻嘻的聲音：「您以後少喝點可樂，一定要長命百歲，幸福地生活下去。」M拿起遙控器關掉電視說：

「到底什麼是長命百歲、幸福的生活？」

我的臉隱約地映照在漆黑的電視螢幕上，表情如以往般傻呼呼的。M的側臉看上去則十分冷淡。我希望能一直看到她的微笑。我心想，如果用口袋裡的修眉刀劃破她的嘴角會怎麼樣呢？我不願就此滿足，越來越想知道M的身體裡有什麼。我一層層地剝開M。撕裂嘴唇後，撕下她白皙的臉，再像削鉛筆一樣削掉她的舌頭和頭骨。像雕刻家那樣削去她的一切以後，會怎麼樣呢？也許她會變成一個空殼。變成空殼的她依然可以呼吸、吃喝。我再把刀交給她，讓她剃去我的皮肉，直到我徹底失去所有的感覺為止。我們以空殼相對，不說一句話，沒有任何感覺。這是我可以想像出的最棒的事。

M換了一個坐姿。我看到她的大腿上黏著一塊三角形的陶瓷片。我取下那塊陶瓷片，放入口中。M躺在我的大腿上，她的頭與我的大腿疊出了十字架的形狀。我盯著M的臉，看了半天，那是一張隨處可見的平凡臉孔。M閉上眼睛躺了一會兒，然後對我說：

「我們出去吧。」

我們沿著小溪散步。M走在前面，我與她保持兩步之遙，跟在她身後。我感到遺憾的是，自己的腿不夠長，無論怎麼努力，始終跟不上她的步伐。我走得氣喘吁吁，每走一步都可以看到她飄動的短髮。我突然想起在M家看過的那個兄妹在森林裡迷路的故事。我就像吃糖果般翻轉著嘴裡的陶瓷片，但一點味道也沒有。塵土隨風飄來，眼前彷彿被霧籠罩般灰濛濛的。我用袖子捂住嘴，但還是打了幾個噴嚏。M自言自語道：

「有時候，我覺得都是自己的錯。」

「什麼？」

「所有的一切，全部。每當這樣想的時候，我就會覺得很孤獨，彷彿只剩下我自己。」

我很想說別那樣想，妳身邊不是還有我嗎？但話到嘴邊還是嚥了回去。我覺得好像不應該這樣講。M突然興致勃勃地說：

「你媽最近好像很忙喔？聽說工廠真的要關門了。」

「是嗎？」

「說不定是件好事。」

M大步往前走著，就像前方真的有目的地一樣。

「也許我也可以遠走高飛。」

「去美國？」

M沒有回答。我摸著口袋裡的修眉刀，跟在她身後。就在我心想如果她走了、我要和誰共度午後時光時，一個男人扒開塵土，從對面走來。正是我在教堂外遇到的那個男人。男人還在往地上倒著水。M走到我身邊，貼著我的耳朵說：

「他的孩子溺水死後，他就瘋了，一直都那樣。」

男人與我們的距離越來越近。我和M站在原地，靜靜看著他。男人身後的背包就像鐘擺一樣左右搖晃，背包的帶子彷彿馬上就要從他狹窄的肩膀上滑落下來了。男人如同衣架般彎曲的肩膀與很久以前在恩珠家拋下我離開的那個人十分相似，那個人憑藉自己的力氣打開了玄關大門，頭也不回地走掉了。當時手無縛雞之力的我，很羨慕他嗎？我不知道。忽然間，男人快步從我們身邊經過。就在我轉頭看向男人時，M伸手指向虛空。工廠的方向升起了一股顏色極不尋常的黑煙。M加快腳步，幾乎是跑了起來。我緊追其後，但沒跑多遠就被絆倒在地，膝蓋流了血。我趴在地上，望著M遠去的身影。我很想趕快追上去，但身體動彈不得。就在這時，有人架住我的腋下把我扶了起來。我回頭一看，正是那個高大的男人。我點頭致謝，男人默默撿起放在地上的水瓶，往溪邊的台階走去。站在台階前的男人看起來十分危險，他雙手緊握水瓶，快速走下台階。男人的肩膀左右搖晃，突然失去平衡，倒了下去。他削瘦的身體撞在台階上，直往下滾，水瓶掉在地上，水灑了一地。男人一動不動地躺在地上。我快步走過去，一塊小手指指甲大的石子嵌在男人的嘴唇上。

我用腳尖輕輕碰了一下他的腿，男人沒有反應。我蹲下來拍拍他的臉頰，還是毫無反應。我撿起地上的水瓶，把剩下的半瓶水倒在他的臉上。嵌在男人嘴唇上的小石子脫落，嘴唇滲出血來。男人的眼皮動了動，醒了過來。男人猛地站起身，搖搖晃晃地朝下游走去，他扒開蘆葦，越走越遠。男人經過的地方，蘆葦倒向了一邊。溪水淹過男人的小腿，他捧起一把水潑在自己臉上。他的臉頰也滿是血跡。男人走向廢冰箱所在位置，溪水已淹過了他的腰間。廢冰箱旁漂著一條死狗。狗的屍體已經變成黃色，腹部膨脹得猶如立即就要炸開似的。本該是眼睛的地方已爬滿了蛆蟲，嘴唇腐爛脫落而露出了白骨。男人走近狗的屍體，將牠捧起抱在懷裡。狗的腹部炸開了，腐爛的內臟傾瀉而下，蛆蟲浮在水面上。男人毫不在意，撫摸著白骨外露的狗頭，狗的下巴掉了下來。寄生在狗身上的蛆蟲掉在男人身上，男人不以為意，把臉埋在腐爛不堪的屍體上，他臉上的血水與屍體腐爛的液體混在一起。男人親吻了一下露出白骨、長長的狗嘴。

黑水包圍了男人和死狗。我盯著浸泡在水中的男人，看了半天，轉頭走上台階。塵土夾雜著灰燼吹來，燒焦的氣味讓人難以喘息。我用袖子捂住口鼻，繼續往M消失的方向走去。每每回望，男人的身影就越變越小，最後徹底消失在我的視野中。我朝黑煙滾滾的方向繼續前行，虛空中飄浮著灰燼。我感到呼吸困難，用衣袖遮住口鼻。我的眼前越來越模糊，就像走在大霧中。遠處陶瓷工廠燃燒的熊熊烈火映入眼簾，看到橘紅色的火焰和高聳入雲的黑煙，我理解了大火可以燒盡一切的意義。震耳欲聾的爆炸聲傳來。我嚇得愣住了。建築在濃煙中消失得無影無蹤，熊熊烈火吞噬了所有殘骸。陶瓷的製成需要極度高溫，只要放在高溫下燒，什麼都可以化為陶瓷。M的聲音迴盪在耳邊。我將手伸向火焰，然後又收回。我把手指放入口中，嚐到了塵土的味道。我望著坍塌、消失的工廠，望了很久，臉頰也變得越來越燙。

我站在M的家門前按著門鈴，按了很多次，無人應門。我又敲了敲門，裡面仍舊一點動靜也沒有。我在門口站了很久也沒有等到人，彷彿這裡從一開始就是空房似的。

我回到家，恩珠正在關窗。她的臉上和身上都是黑灰。「你去哪裡了？怎麼不關窗戶，煙都飄進來了。」恩珠有氣無力地說道。我靜靜站在原地看著她。恩珠朝我走來，身上散發著焦味。恩珠愣愣地看著我，我垂下頭迴避她的視線。她用手指抬起我的下巴說：

「你真髒。」

恩珠拉著我走向浴室。她脫下大衣和洋裝，灰燼從衣服上飄然落下。恩珠脫下褲襪和內褲，露出了白淨的大腿和私密處。她走進浴室，把浴缸放滿了水。浴室熱氣騰騰，浴缸裡滿是泡沫。我呆呆地站在門口，恩珠走過來，摟住我的脖子，把我帶進浴室。我站在浴室的磁磚地板上，她隨手關上了門。浴室裡瀰漫著大霧般的水蒸氣。恩珠緩緩走進浴缸，水淹過她的雙腿、臀部、腰部，然後是肩膀和頭髮，最後整個身體都浸泡在水中。身上和頭髮上的灰燼溶入水中之後，很快地，泡沫就從白色變成了灰色。「你怎麼還不脫衣服？」恩珠從水中探出上身問道。見我始終一動不動，恩珠起身伸出雙手，把我拽了過去，然後粗魯地扒下我的衣服。我很想擺脫她的魔爪，卻無力反抗。她依次扒下我髒兮兮的T恤、短褲和內褲。我骨瘦如柴，身上都是瘀青。恩珠直勾勾地看著我，我下意識地蜷縮身體。我什麼都不想讓她看到，希望可以永遠遠離她的視線。而她卻不以為然地掃視著我身體的每一處角落。恩珠的眼眶滿是淚水。她的眼淚為誰而流呢？她抓住我的手臂，把我拽進狹小的浴缸，用小腿緊緊勒住我的腰。我的身軀遍體鱗傷，與她白皙的身體重疊在一起。她拿起海綿擦拭我滿是傷口的肚子。我感到刺痛，不由得扭動身體、皺起眉頭。我不想讓她透過我的痛苦而感到難過，更不想讓她透過我有任何感受。恩珠毫不在乎地擦拭著我的身體。她拿起海綿在我頭上用力一攥，灰色的泡沫沿著我的臉頰流下。

「很久以前，主讓你來到世上的時候，你也是這樣濕漉漉的。看著當時皺巴巴的你，我不禁覺得，你的降臨就是發生在我身上最棒的事。」

恩珠放下海綿，雙手抱住我的頭，她靠近我的臉似乎是想親吻我。我沒有閉眼，而是凝視著她。

「我認識一個眼睛長得和你一模一樣的男人。他心中沒有和平，一直都是滿腔不滿。」

我咬住嘴唇，用力瞪著雙眼，嘴裡感受到了血腥味。

「你不可以，絕對不可以和你爸一樣。」

恩珠鬆手放開我。我的太陽穴被她按得一陣刺痛。恩珠走出浴缸，用蓮蓬頭沖去身上的泡沫。

「感謝主賜予你的一切，多多祈禱。就算我不在了，主也會保佑你的。」

我把身體浸泡在水中，直到再也聽不到恩珠的聲音為止。

隔天一早，恩珠化完妝，抓住我的手腕，說要帶我去聽課。我一頭霧水，跟著她走出家門。一台廂型車停在公寓門口，車身寫著「耶路撒冷健康院」幾個大字。恩珠讓我坐在後面，她坐在副駕駛座。一個有著自然捲頭髮的男人坐在駕駛座上。「還不和彼得叔叔問好。」我點了一下頭。恩珠伸手拍了一下我的頭。「不好意思，他怕生。」自然捲的男人看向恩珠，笑著說：「沒關係。」男人的下巴很厚，面相十分溫順，但眼神卻很犀利。彼得播放卡帶，車內響起了聖歌。我聞到一股腥味，回頭一看，後面放著一個蘋果箱大的冰桶和鐵籠。腥味來自鐵籠裡面的一灘積血。旁邊裝滿黃色液體的玻璃瓶中，浸泡著蛇和蜥蜴等爬行動物。

「克拉拉，非常感謝妳來參加這次活動。」

彼得緊緊握住恩珠的手。恩珠咧嘴一笑，露出潔白的牙齒。

車子開過很長一段山路後，停在一棟高大的建築物前。建築物入口掛著巨大的橫幅：「夏季靈性治癒研討會」。我們推門走了進去，有二十多人圍坐在一起，我們找到空位，坐了下來。在黑衣神父的主導下，研討會開始了。「首先，讓我們為實踐上帝的旨意處決異教徒祈禱。聖靈降臨，我們才得以順利擊退那些玷汙主賜予的家園和崇拜偶像的異教徒。站在上帝面前的羔羊，內心布滿鮮血，相信我主賜福治癒這些羔羊的傷口。讓我們祈禱感謝唯一的主。」

「阿門。」

「大家將在弟兄姊妹面前告白令自己最痛苦的罪惡，然後獲得原諒。若真心悔改，主便會欣然地原諒、救贖我們。大家站起來，勇敢地說出人生中最痛苦的記憶吧。」坐在我對面、身材魁梧的男人，站了起來。男人起身後，我看到他T恤折起來的地方都被汗水浸濕了。男人用顫抖的聲音說：

「我患有先天性勃起功能障礙。雖然我從二十歲開始不斷努力，但始終無法維持性關係。每當孤獨寂寞的時候，我就會酗酒。有一天我明白了，我所渴望的只是愛。不知不覺，我貪婪、好色的身體就變成了這樣。」

坐在我身旁的彼得，起身擁抱了那個男人。恩珠瞪大眼睛，大喊道：

「我的天啊。彼得在經營健康院，你們在這裡相遇，難道不是神的旨意嗎？」

在場的人唉聲嘆氣地喊著：「阿門。」男人依偎在彼得懷裡哭了。彼得哽咽地再三安撫男人說：「我會幫助你的。」神父高舉手中的聖珠：「我主上帝，這隻羔羊掉入了惡魔的騙局，受困於貪婪、好色的魔爪，請主驅趕附在他身上的惡魔，赦免他的罪過。阿門。」

之後，愛上同學的同性戀、失手剪掉弟弟耳朵的女人、靠偷獵獲利的健康院老闆、愛咬指甲的男人、髒話連篇並收人錢財的文化評論家，以及往食物裡加石子的女人依次站起來，告白了自己的罪過。告白結束後，他們都會緊緊地抱在一起，邊哭邊祈求原諒。最後，輪到我了。大家讓我站起來告白罪過，但我不知道我有什麼罪過，所以也不知該說什麼。神父對我說：「說說你犯過什麼錯。哪怕是微不足道的小事也沒關係。」

「這孩子性格內向，本來就罕言寡語。」

不，我並非罕言寡語，我是沒有機會講話。恩珠總是滔滔不絕，我根本沒有開口的機會。恩珠和往常一樣，露出略顯激動的表情站了起來。大家的目光都聚集在恩珠身上，她用顫抖的聲音說：

「他的父親是一個很沒用的男人。大家都記得我們最辛苦的時候吧？那個男人根本不顧家，整天酗酒，還對我和孩子……」恩珠低下頭，抹著眼淚。

整天酗酒的人是恩珠。我很想開口講話，但舌頭僵住了。我的喉結用力，但只能發出虛弱的呼吸聲。我緊緊抓住恩珠的手腕。恩珠看著大家，輕輕地甩開了我的手。

「這世上只剩下我和孩子兩個人的時候，我害怕極了。我很擔心沒有父親的孩子無法在這個凶險的世界自力更生，為了把他培養成優秀的孩子，我付出了很大的努力。我擔心他走上歪路，所以有時也會對他嚴加管教。但就算我再怎麼愛他、付出努力，還是無法彌補他的缺失。昨天晚上，我在他的口袋裡發現了這個東西。」恩珠就像拔劍似的，悲壯地拿出修眉刀。這時我才發現口袋裡的修眉刀不見了。突然有人崩潰似的喊了一聲：「阿門。」我伸手想要搶回修眉刀，但恩珠用力按住我的肩膀。「我不知道他為什麼把這個東西帶在身上，也不知道他要做什麼。想到他心懷憤怒，我的心都快碎了。」哭聲從某處傳來。「雖然孩子未能如我所願地成長，但我相信這也是上帝的旨意。我相信上帝是為了考驗我，希望我透過這件事成為更好的人。我相信上帝的話，只要努力就可以實現一切。我會用我深信的信仰驅趕走他心中的惡魔，引導他過著更幸福的生活。阿門。」

恩珠的告白結束後，所有的人都起身走過去抱住了她。人們團團圍住恩珠，看上去就像肥肥的花蕾。我站在兩步之遙的地方看著他們。雖然我把手伸進口袋，但沒有摸到修眉刀。我用力咬住舌頭，直到出現血腥味。

告白結束後，大家走到外面。人們聚集在空地上，點燃了一個大油桶。彼得取來廂型車上的冰桶和裝有奇怪液體的玻璃瓶。冰桶裡裝著動物的屍體。彼得抓起屍體丟進油桶，奄奄一息的火苗燒得更旺了。火焰呈現紫色。恩珠把紙杯分給信徒們，彼得打開玻璃瓶蓋，瓶蓋砰的一聲發出輕快的響聲。神父高喊一聲阿門，哈哈大笑起來。人們邊喝酒邊吃肉。油桶散發出一股羶味。恩珠最先喝光杯中的酒，大聲喊道：

「這都是主的恩賜。哈利路亞！」

「哎喲，克拉拉，妳少喝點吧。」

「主不是也每天喝酒，我為什麼要少喝。」

「說的也是。」

恩珠和信徒們笑得不亦樂乎。酒杯空了，大家越喝越快，所有人的臉都漸漸紅了。恩珠也變得面紅耳赤，但與動手打我時的情況不同。大家的聲音越來越大。彼得說：「大家也都看到了，那些人在工廠附近非法蓋房，還讓黑人和女人住下來。情況多糟糕啊。」名叫瑪麗亞的女人平靜地說：「他們還不讓我們封路，說會影響生意。怎麼能因為這種原因違背主要翻新社區的旨意呢？我年輕時還沒有工廠的時候，這一區的房價最高。我們的未來怎麼能容忍廢水、黑人外勞和街友！」彼得接著大喊道：「我們這樣做是遵照主的旨意。聖靈將降臨在我們身上。而且這次申恩珠克拉拉立下了汗馬功勞。」大家看著恩珠，異口同聲大喊：「哈利路亞！」恩珠害羞地笑了笑，喝光了杯中的酒。我盯著玻璃瓶中好似繩索的蛇，早已浸泡到褪色發白的蛇，睜著雙眼。

工廠一帶發生大型火災後，很多人搬離了社區。關於火災的原因眾說紛紜。有人揣測是恩珠所屬的示威團體故意縱火，有人說是M一家人縱火自焚。示威仍在進行中。各種傳聞又不斷製造出新的傳聞，但最終毫無根據的傳聞都消失了。

早上，恩珠像往常一樣坐在餐桌前喝著紅酒。如果說與平時有何不同，就是她沒有穿睡衣，而是穿著貼身短裙，而且表情十分悲壯。這時，傳來了敲門聲。恩珠就像沒聽見似的，一口接著一口，繼續喝著紅酒。我走到玄關，剛打開門，幾個男人便蜂擁而入。恩珠連大衣都沒來得及穿，好不容易才穿上皮鞋便被那些人帶走了。恩珠用過的紅酒杯，孤零零地留在桌上。

接下來的幾天時間，我一個人待在恩珠家吃飯、睡覺，去附近散步。那天之後，我也去過幾次M家，但始終沒有人開門。

我取出冰箱裡變軟的半顆蘋果，正要吃的時候，電話響了。是恩珠。她的聲音比平時還要虛弱。她要我帶幾件內衣，先去她的辦公室，拿到重要文件後再一起送到警察局給她。我還沒來得及回答，恩珠就掛掉了電話。

我看著教堂停車場上臨時搭建的建築。與其說是建築，其實就是一個貨櫃屋。上面掛著一個橫幅：「聖靈環境保護開發聯合事務所」。我出聲唸了兩遍也不明白是什麼意思。我開門走進去，五、六個老男人坐在沙發上，其中一個男人看到我說：

「你就是克拉拉的兒子？」

我點了點頭。

「長這麼大了，都快認不出來了。」另一個男人從保險櫃裡取出一疊紙和信封。男人安慰我說：「不用擔心，只要把這個交給警察就可以了。」信封上寫著「請願書」三個大字。因為恩珠為社區發展建設立下了汗馬功勞，所以包括神父和信徒在內的一百多人都在上面簽了名。我翻到最後一頁，看到「天主教法人協會」的團體名稱。我把文件放入信封，離開了事務所。

入冬以後，白天變短了。四周不知不覺暗了下來。我一面走著，一面張嘴哈著氣，但速度一點也不快。警察局位於溪川下游。我的眼睛被寒風吹得刺痛，就像快要掉出來似的。我頂著大風，寸步難行，感覺一直被風吹得往後倒退。我邁著重若千斤的雙腿，艱難地走到溪邊。黑黑的溪水臭氣熏天，我靠著欄杆，抽出信封裡的文件，丟進水裡。黑水立刻吞噬掉那些白紙，然後像什麼事也沒發生似的流淌著。

我該去見恩珠了。

我看著坐在鐵窗裡的恩珠。她的肩膀前傾，垂著頭，看似被抓起來的野生動物，淒慘而美麗。警察確認過我帶來的東西後，把我帶到鐵窗前。警察叫了一聲恩珠的名字，坐在水泥地墊子上的恩珠轉過頭來。她站起身，雖然仍穿著高跟鞋和短裙，但綁著的頭髮卻濕漉漉的。恩珠朝我走來。她被關在鐵窗裡，臉色十分蒼白。我把袋子塞進鐵窗縫遞給她。恩珠接過袋子說：

「我的兒子，真的長大了。」

我默不作聲。恩珠翻翻袋子，依次抽出疊好的內衣，然後又翻了半天。

「這都是上帝的恩惠。幸福的日子在等著我們……」

瞬間，恩珠的表情僵住了。

「兒子，文件呢？請願書在哪裡？」

我沉默地看著恩珠。恩珠的表情變得越來越猙獰。我靜靜看著她的眼睛，那雙大而明亮的眼睛映照出我無比堅定的表情。袋子掉在地上，恩珠也癱坐了下來，腳上的高跟鞋滾落一旁。恩珠哽咽地問我：

「你為什麼要這樣對我？」

恩珠前傾肩膀，傷心地哭了起來。哭泣的她，看起來比所有人都更美麗。關在警察局的其他人，都以同情的目光看著恩珠。不知從何時起，我再也不相信哭泣的人了，因為我發現，絕大多數人的眼淚，都是為自己而流的。我模仿恩珠溫和、堅定的語氣說：

「既然犯了錯，就要付出代價。」

恩珠把另一隻腳上的高跟鞋扔了過來。高跟鞋撞在鐵窗上，發出刺耳的聲響。

「我如果有錯，就是錯在不該好好生活，不該愛你。」

我用力瞪著她。警察提醒恩珠保持安靜。恩珠不以為然，仍一臉猙獰、歇斯底里地喊叫著：

「為什麼，為什麼？」

也許恩珠永遠得不到答案。恩珠蹲在地上嚎啕大哭。我把她可憐兮兮的樣子記在心裡。恩珠哭了半天才站起來，走到位於後方的開放式廁所，脫下內褲，坐在馬桶上。廁所門不足一公尺高，所以可以看到她的頭。恩珠邊哭邊上廁所，傳來嘩嘩尿聲。我轉過頭，嘴角肆意抖動，不自覺地發出笑聲。為了不讓任何人察覺，我咬緊嘴唇，頭也不回地跑走。

離開警察局，我沿著溪邊一路狂奔。我強忍住笑意，加快速度。我還是初次看到恩珠在外人面前失控動怒。我好像證明了什麼，又不知道到底證明了什麼。我一直跑到喘不過氣才停下來。太陽正緩緩落到地平線的另一頭。看著映照夕陽的黑水，我莫名想哭。去哪裡好呢？我打算沿著溪邊往上游走。天色已晚，但沒有關係，反正恩珠不會比我早回家。

回到恩珠家，我站在她的化妝檯前，從口袋裡取出修眉刀。我伸出舌頭，上面有一道像是被蟲子啃噬過的、黑黑的疤痕。有時候，我會覺得都是我的錯。每當這樣想，就會覺得特別孤獨。M的聲音迴盪在耳邊。我和你不一樣。每當我覺得都是自己的錯以後，內心反而會平靜下來。這一切都是我的錯，都是因我而生的問題，也都是因為我而失去了一切。我舉起修眉刀，往舌頭深深劃了下去。鮮血染紅了舌頭。我活該變成這樣。我走出房間，走到廚房的櫥櫃前。我打開櫥櫃，摸了摸最頂層，玻璃罐還在。

我取下玻璃罐，晃了晃裡面的陶瓷。我緊緊抱住玻璃罐，光滑、冰冷的觸感就像M的身體。我一直抱著玻璃罐，感覺它彷彿變成了我身體的一部分。不知從何時起，我總覺得身體的某一部分變得空蕩蕩、涼颼颼的。時間流逝，我們是否會再次融為一體呢？我抱著玻璃罐，走出家門。

我赤腳穿過走廊，往M家走去。每走一步，感應燈就會亮起。我站在M家的門前，敲了敲門，然後轉動了一下門把。門竟然開了。

屋內空無一人，遍地雜物也都消失了，破舊的地板積滿灰塵。曾經擺放家具的地方與其他地方的地板顏色不同。我走進M的房間，雙層床和收納櫃也不見了。曾經擺放雙層床的地板裂了一道縫。我蹲在地上，摸了摸那道好似M傷痕的裂縫。M去哪裡了呢？難道她去了夢寐以求的美國？還是消失在那天熊熊的烈火中？難道她丟下我，死掉了？我打開懷裡的玻璃罐，裡面都是失去光澤且乾枯的碎陶瓷。我取出一塊放入口中，嘴裡溢滿了口水。腥腥的、鹹鹹的、泥土的味道。這是我與M共度的時光，屬於我們的回憶的味道。我把玻璃罐裡的陶瓷全部塞進嘴裡，用力咀嚼，吞嚥下去。但嚥下的東西又逆流而上，眼淚、鼻涕和口水混在一起流了出來。無所謂了。我把吐出的陶瓷又塞進嘴裡，終於把它們全部嚥了下去。

如今，在我們的時間裡，我也可以獲得救贖嗎？

我看到窗外走廊的感應燈一閃一閃地亮著，防盜窗的影子落在我的臉上。我朝走廊大聲呼喊M的名字——用我能夠發出的最大的聲音。

作品解析

為懂得品嚐辣椒素佐起司「刺激口味」的孤獨美食家而準備的不為人知的K–POP大合集

尹在珉（文學評論家）

貫一和阿宮

迄今為止，韓國很多關於柄谷行人[36]提出的「文學的終結」的討論，多半都是針對構成「近代文學」歷史意義的大敘事的接受或反駁。為了解今日「文學的終結」，我們有必要關注為這一主題收尾的尾崎紅葉[37]的小說《金色夜叉》。

關於尾崎紅葉的《金色夜叉》的解讀始於該作品發表的明治三十年代，也就是近現代的戀愛觀與傳統觀念相互融合的時代。這是當代批評家北村透谷[38]主張戀愛應建立在個人精神之上。即，「柏拉圖式戀愛」時代，也是「夜這（よばい）」與普通人肆意賣春的性觀念共存的時代。貫一、阿宮和富山的三角關係一直被理解為立足於精神上的信義而廢除戀愛與婚約的物質文化世態。但柄谷行人卻對此提出了相反的看法。根據柄谷行人的解釋，貫一和阿宮之間的男女關係並非近代青年的「柏拉圖式愛情」。他們在父母允許的情況下同居了五年，實際上屬於事實婚姻的關係。而富山明知這一事實，仍向阿宮求婚。阿宮在同居的貫一與銀行家富二代富山之間衡量，判斷「可以將自己賣得更貴」以後，最終拋棄貫一選擇了富山。絕望的貫一為了復仇而變成了高利貸業者（柄谷行人，《近代文學的終結》，曹映日譯，圖書出版b，二〇〇六。八十一頁～八十四頁）。他們的三角關係可以視為一齣介於肉體與金錢之間的「痴情劇」。近代的解讀將這齣通俗的痴情劇改編成了「愛情故事」。因為當時伴隨著以世俗禁慾為基礎的基督教（前衛主義），將想像力與共感放在了道德優勢的「近代文學」時代。但無論一般民眾的道德觀念和習俗如何，作為想像「近代文學」的共同體核心，具備倫理道德優勢的時代已經結束。世界上的各種問題仍存在矛盾，且仍以「現代文學」沿用至今。只不過一部分可以稱其為所謂的「金色夜叉」式結局，而其他

36 編註：一九四一年出生於日本兵庫縣，哲學家、思想家、文學家、文藝評論家。曾獲得伊藤整文學獎、群像新人文學獎。研究領域跨越哲學、經濟、政治及社會，被視為當代日本頗具分量的思想家。

37 編註：本名尾崎德太郎，一八六八年～一九〇三年。一八九七年開始在《讀賣新聞》發表連載小說《金色夜叉》長達五年，直至去世，《金色夜叉》因而成為未完成的作品。

38 編註：一八六八年～一八九四年，出生於日本神奈川縣，以浪漫主義風格聞名。

則終將帶來逆轉，但最終淪落為更淒慘處境的結局（「『文學』背負著倫理道德，因此具有影響力的時代已經結束，留下的只有殘影。」（同一本書，六十五頁））。貫一和阿宮之間再無愛情可言，他們的肉體與精神只存於計算之上。這對於今日的讀者而言，不會產生任何違和感。

前面提到，當時的讀者閱讀《金色夜叉》會大吃一驚。但事實上，如果是現在的年輕人閱讀此書，一點也不會感到驚訝。相反的，閱讀北村透谷應該會感到膩煩吧？如今像阿宮一樣考慮自身商品價值的女性，比比皆是，男女也都不在乎所謂的處女觀念了。多年前，一位社會學家曾試圖為「援助交際」的十幾歲少女賦予革命意義，但這只意味著資本主義更深入地滲透了社會。（……）

此外，也有很多年輕人像貫一一樣，為了一夜暴富而不擇手段。這又表示什麼呢？從資本主義階段來看，工業資本主義的下一個階段意味著商人資本主義，也就是從流通的差價中獲取剩餘價值，而非從生產中獲利。雖然這無法代表整體，但從今日來看，這種資本性已經全面登場（同一本書，八十五頁～八十六頁）。

這個時代的讀者都是貫一和阿宮的後裔。對他們而言，把政治、倫理道德放在首位和追求價值的「近代文學」毫無關係。所謂近代文學的終結，並不是文學的價值受到外部價值的批評而解體其正當性的事態。「近代文學」的解體源於大眾的漠不關心，認為無需再思考這一問題。用資本主義徹底取代自身肉體與精神的素養，將理性經濟者假設「想像出的共同體」視為陳腐的愚民政策。

朴相映的首本小說集，以獨創的人物視角捕捉了遠離「近代文學」倫理道德的資本主義生活意識形態。透過既不回顧過去也不展望未來、徹底揮霍現在的牛郎（〈中國製偽造藍色小藥丸、齊齊，和關於遍地流淌的小便的短笑話〉），以及渴望出名但最後只剩下認可欲望的失敗藝術家（〈釜山國際電影節〉、〈無人知曉的藝術家之淚與宰桐義大利麵〉），和女團練習生（〈哈姆雷特怎麼樣？〉）就可以看出這一點。朴相映小說中的人物，只為滿足他人而追求藝術，毫無顧忌地追求物質生活，並且否認現實，他們都是柄谷行人筆下貫一和阿宮的後裔。但他們不同於和富二代結婚的阿宮與為復仇而追求財富的貫一，他們在經歷徹底失敗後，仍舊過著「糟糕透頂」的生活。即便如此，他們也沒有重振旗鼓，而是在原地打轉，靠酗酒和毫無意義的性生活揮霍人生度日。「近代文學」所蘊含「另一種人生」的可能性，似乎與他們一點關係也沒有。這樣下去，他們將在無法滿足他人欲望的狀況下逃避現實度過一生。這些人物代表了當今韓國社會內心空虛、倫理道德出現裂痕的一群人。但這並不代表整體全部。朴相映借用這些缺乏道德、受他人視線束縛的人物視角，更準確地刻劃出了當今由大多數韓國人構成、獨具韓國特色的一面。這就是解體社會核心的韓國社會整體現象。對於這些在勝負中遭到淘汰的人而言，社會核心並非融入主流社會的關鍵。他們徘徊在韓國社會的邊緣，直視當今沒有核心、物質化且膚淺的社會，並且生活在這樣的社會。

Queer Eye

以酷兒視角改變異性戀男性。二〇〇三年，美國電視台播出的《酷男的異想世界》（Queer Eye for the Straight Guy，以下簡稱：Queer Eye）獲得了意想不到的成功。造型師、時尚達人、設計師和社交達人，以酷兒視角徹底改造了異性戀男性的外貌和生活方式，這些脫胎換骨的異性戀男性不僅對生活充滿自信，也對這些酷兒表達了感謝。這個節目向我們展示了以異性戀男性為中心的社會與酷兒文化共存的可能性。為了進一步試探，酷兒開始挖掘自己眼中異性戀男性的外表，並透過時尚、髮型和室內設計的變化等方式，帶來了未來異性戀與酷兒之間彩虹世界共存的希望。

在討論朴相映小說集中那些徘徊在韓國社會邊緣的人物前，我們不得不提及同性戀。朴相映小說中的同性戀，生活在異性戀所支配的世界裡，他們用自己的視角解讀社會，有時也會摸索與主流社會共存的方法。但問題是，他們都不是《酷男的異想世界》中的成功人士。

第一個短篇〈中國製偽造藍色小藥丸、齊齊，和關於遍地流淌的小便的短笑話〉，以「我」的視角敘述了「我」和「只活在當下」的同性戀牛郎「齊齊」的關係。齊齊和「我」從一開始的肉體關係，漸漸發展成同居關係。連接他們的共通點是同性戀，但他們表達性向的方式卻截然不同。敘述者「我」曾試圖與「Q」一起自殺，但最後只有「我」活了下來。「我」即沒有不安，也無所期待，飽受慢性攝護腺炎和勃起功能障礙的折磨，過著每一天。重要的是，「我」還要戴著三十多歲單身男性上班族的社會假面。為了安撫內心的空虛，「我」會與陌生男人性交。齊齊與「我」截然不同，「他對於他人的視線有一種超然的態度。換句話說，就是厚顏無恥。」（二十五頁）齊齊是一個忠於自己感情且魯莽衝動的人。從小到大不愁吃穿，成年後，面對家庭的支離破碎，仍舊過著毫無規劃、放蕩不羈的生活。在日子過得亂七八糟、兩手空空的情況下，齊齊仍然無法放棄Dsquared2牛仔褲、Zegna西裝、香檳王、Prada皮鞋和安逸的星級飯店。齊齊靠酗酒、奢侈品和為男人花錢為樂過活。親眼目睹齊齊生活的「我」，幫他取了一個綽號「芭黎絲．朴」。因為他和美國好萊塢知名人士芭黎絲．希爾頓有很多共通點——他們都喜歡酒、奢侈品和男人，其次是他們都很喜歡請男人喝很昂貴的酒。如果不是希爾頓家族的繼承人，這種生活方式就是自我毀滅的捷徑。即便如此，齊齊還是欣然地選擇了這條路。在茫然的生活中，淪落為牛郎的齊齊與領取薄薪的「我」相比，雖然賺得多，但目的卻是為了過著自我毀滅的消費生活。齊齊大肆揮霍賺來的錢，以愛為藉口，過著滿足性慾和消費欲的自戀生活。

「我」冷眼旁觀齊齊的生活方式，無可奈何地收留了他。「我」對於齊齊的看法是雙面的。齊齊不考慮狀況和目的，毫不掩飾地表達自己的「愛」（雖然在小說中這樣表達，但能否稱之為「愛」令人心存質疑），而「有別於一輩子住在同一個地方也不會和街坊鄰居講一句話的我，齊齊根本就是另一種人類」。忍受毫無前途可言的職場生活，暗地裡滿足性慾的「我」，自然會對這種沉迷於自我毀滅的生活方式產生抵觸情緒。即便如此，「我」還是在齊齊身上看到了另一種面貌。「我」與齊齊都是男性，而且名字中也有相同的漢字，所以用唯一不同的漢字為他取了「齊齊」這個綽號。曾經一起去東京和曼谷旅行，沉迷於喝酒和做愛。「我」與齊齊短暫共享過一個世界，但現在「我」離開了那個曾經相信永遠可以花天酒地的世界。儘管如此，「我」與齊齊的緣分還在持續。雖然我們曾經是一對戀人，但現在對「我」而言，齊齊就和Q死後記憶中沒落的遊樂園、粗劣的玩具一樣。「我」不知道自己到底想要什麼，「我」徘徊在社會邊緣和自己空虛的內心世界，拼湊著眼前虛無的一切。這樣的「我」的眼中只有模仿芭黎絲・希爾頓的芭黎絲・朴，服下芭黎絲・朴給「我」的中國製偽造藍色小藥丸，徘徊在空虛、膚淺關係中的世界裡。

〈無人知曉的藝術家之淚與宰桐義大利麵〉則講述了敘述者「我」透過與眾不同的酷兒視角為進入主流社會孤軍奮戰，結果以失敗告終的故事。「我」是所謂的藝術浪人，六年前製作了一部低預算的長片電影，並以此為句點，徹底淡出電影圈。獨立電影迎來了酷兒電影的春天，受此影響，「我」以男性同性戀為主題製作了一部反映現實酷兒的電影，並打算進軍坎城電影節。在「我」看來，自己製作的電影不同於以往的酷兒電影，既沒有過度煽情也沒有陷入政治宣傳目的，而是一部前所未有的酷兒電影。但電影圈卻不認同，評論家認為「我」的電影違背了酷兒電影的文法，不認同「我」以厭惡之情為原動力製作的電影。不要說進軍坎城，「我」連無人關注的人權電影節都未能入圍，甚至還被視為「冒牌的洪常秀」。「我」無法忍受最後擊敗「我」獲獎的「假同性戀」導演「丹尼爾・吳」所拍的老套陳腐的酷兒電影，更無法忍受大家拿「我」的作品與之比較，備受侮辱的「我」最終忍無可忍，大鬧電影節後的聚餐，被趕了出來。於是下定決心「**一定要透過作品證明自己。那些人越是口無遮攔，我越是要成為具有權威的大人物。**」（一五四頁）

自己的作品受到批評和蔑視，最終爆發出懇切的決心。由此可以看出，「我」透過電影，真正想要表達的是什麼——「我」並非想要透過世界上不存在的酷兒電影實現「何謂酷兒電影」的提問和尋求答案。所有的一切就只是源於「我」想要進軍坎城和獲得他人認可的盲目衝動與欲望。二十歲出頭就成功進軍坎城的新銳導演EL，「魔術般的神話」成了「我」想要拍電影的決定性契機，「我」因此產生了總有一天可以進軍坎城的虛幻希望，乘著酷兒電影的熱潮，以當事人的視角拍攝了一部充滿渴望得到他人認可的電影。電影導演「我」，除了自己的電影以外，不關心任何事。對於「經典」的態度和觀點，不禁讓人懷疑「我」是否具備電影導演應有的基本素養。在映後座談中，「我」難以掩飾對於吳導演的厭惡，根本看不到一絲對於同行的尊重。以酷兒電影成名的夢想落空，「我」徹底放棄了「電影導演」這個夢，但也沒有徹底離開電影圈。丹尼爾．吳利用社群媒體維持著淺薄的影響力，「我」批判他以異性戀的視角分析酷兒的觀點。這裡的確有值得聽取的地方，但「我」透過欲求不滿與怨恨相間的表達方式闡述見解，顯然是錯誤的。最終，「我」做出了破壞自己的行為。「我」得到的就只有三十張電影票和未能進入主流社會的怨恨，以及輾轉於華麗與土氣相間的「碧昂絲血腸湯飯」和「香奈兒KTV」的生活。

朴相映的酷兒們以各自的視角詮釋世界，以各自的方式探尋與世界共存的方法。但這種方式，只是與世界和他人建立膚淺的關係，或透過手段與目的滿足扭曲的認可欲望。他們需要的其實是與他人建立起真摯的友誼，並且針對滿足認可欲望的手段和目的進行反思。朴相映小說中的酷兒們，即使為糟糕透頂的狀況流淚，但還是堅持用膚淺的視角看待世界。很有趣的是，只關注表面的世界、停留於外表的絕望視角，抵達了至今為止韓國文學從未探討過的、獨具韓國特色的社會面貌。就這樣，朴相映的酷兒視角超越了特定性別認同的視角，與現今韓國社會邊緣的匿名觀點，形成了共存。

停留於外表

如今在韓國社會，隨處可見追求膚淺的人際關係和渴望得到他人認可的欲望，以及存在「糟糕透頂」自我認知的人。〈尋找芭黎絲・希爾頓〉和〈釜山國際電影節〉接連描寫了對彼此隱藏真心、維持膚淺關係的男女關係。三十幾歲平凡的公司職員「我」和三十幾歲的女性「朴素拉」已經交往三年之久。雖然他們曾經有過執子之手與子偕老的真感情，但現在的他們，就只是在飾演對方的情人，各自過著自己追求的生活。「我」冷眼旁觀毫無經濟能力、只靠做網路商店模特兒維持生活，卻把所有熱情浪費在Instagram的女友素拉。無論素拉在Instagram如何展示與現實生活中反差極大的外貌，「我」都不以為然。在素拉眼中，Instagram比與「我」之間的互動更為重要，Instagram成了她「實現自我」的舞台。對於素拉而言，她需要長期照顧臥床不起的母親並用母親的積蓄勉強度日，Instagram成了她逃避現實的防禦系統，並為此打造了物質化的自己。與素拉交往的男人不知道她為了否定現實而揮霍母親的積蓄，努力維持Instagram中「空殼」的形象。「我」在毫不知情的情況下，也以另一種方式隱祕地使用著Instagram。如果說Instagram是素拉展示自己的舞台，那麼於「我」而言，Instagram就是解決性慾的地下場所。兩個人故意迴避彼此的真面目，維持膚淺的關係，根據標籤（#）的演算法在Instagram不受限制地實現各自的目的。演算法相連的自我實現舞台和解決性慾的地下場所，透過Instagram變得平面化。輸入標籤便可以隨意找到地下場所的「我」和扮演虛假自我的素拉，正是如今韓國社會隨處可見的「人工智慧」外表現象。與Instagram一樣，在忠武路寵物店購買的博美犬也成了連接他們的又一媒介。他們分別把那隻博美犬稱之為「芭黎絲．希爾頓」和「狗」也是出於相同原因。沒有一個名字可以將兩個各自徘徊在網路世界中的人相連，正如那隻博美犬沒有得到一個真正的名字——而是根據他人的視角被稱之為「芭黎絲．希爾頓」或大眾口中的「狗」。

根據各自的欲望，地下場所也能成為實現自我的舞台。根據不同的視角，大眾口中的「狗」也會成為「芭黎絲．希爾頓」。這就是膚淺且平庸的表面世界。在〈喬的房間〉

中，朴相映透過無奈暴露在韓國社會極端狀況下的人物揭露了階級問題。「蘇」遵循「世界的道理」以肉體換取金錢過活。對於登門扮演變態角色的妓女而言，扮演客戶指定人物成了「服務」項目之一。蘇扮演提供SM服務的「芭妮」和青春少女「有娜」，為與客人建立膚淺的「關係」不得不戴上假面。付出代價的客人可享受蘇提供的名為「身分認同」的服務。但白手起家的「男人」不滿足於此，他需要的不是戴著假面的「有娜」，而是「真實」的蘇。男人「看上去就像投資說明會上吸引資本的年輕企業家」（一九二頁），願意用鉅款購買蘇定期提供的排泄物。男人渴望「真實」的蘇，但他堅信排泄物代表真實的態度與其他玩角色扮演的客人並無本質上的差異。男人執著於自己認為是真實的排泄物，並願意為此付出昂貴的代價。由此可見，他只是一個「戀糞者」。男人對「真實」的蘇是怎樣一個人毫不關心，他關心的只是流傳網路、與前男友的性愛影片中沉溺於快樂的蘇的形象而已。蘇認為「想要賺更多的錢，就要忍受更大的恥辱」（一九六頁），所以面對「合理的金額」，最終接受了男人提議。但把性愛影片中的蘇視為真實的蘇的男人，不滿意蘇為錢而勉強自己排泄的態度，最終「協商」宣告失敗。

為各自利害關係而「合理」交換的購買者和銷售者之間，存在著膚淺的共生關係。但不能忽視的是，他們「合理」的關係中存在著明顯的階級，因此賦予了他們不同的地位。男人有能力為滿足自己的變態欲望一次支付鉅款以供蘇還清助學貸款，雖然他與蘇的協商以失敗告終，但還是可以找到另一個「真實」的蘇，隱祕地滿足自己的欲望，在自嘲的虛假世界裡繼續扮演成功的企業家。與維持光鮮亮麗外表的男人不同，從賣身前就受經濟問題所苦的蘇，始終暴露在各種危險中。為滿足客人而變換角色提供合理的「服務」，但同時蘇也在拚命隱藏自己私密的部分。蘇為了還清貸款和生活費而賣身，星期日是她唯一的休息日。然而，星期日在「喬的房間」進行的隱祕行為也成了上傳網路換取金錢的手段。蘇與男人根據各自的利害關係，透過「合理」的媒介——貨幣，達成了最終隱祕的協議。但這一協議卻給他們帶來了完全不同的結果。透過協議，男人處理了內心醜陋骯髒的欲望，但蘇看到了自己最隱祕的部分而受到了永久的威脅。隨著協商持續進行，越是可以掩飾「成功者」的陰暗面；相反地，對蘇而言，持續的協商只會讓自己一直暴露在危險中。

直視外表

朴相映小說中的人物，為了與世界共存，即使意識到「糟糕透頂」也還是不放棄展開協商。他們忍受這一切，最終卻只會面對「虛假」的自我。他們所占據的世界也只是毫無核心的社會。朴相映的首本小說集描寫的不是成為社會核心的「個人」，而是以膚淺的視角看待世界、或只能以這樣的欲望直視二〇一〇年代的韓國社會。

朴相映立足於最膚淺、目光短淺的欲望觀點，捕捉了我們視線所及卻故意視而不見的部分。所有人渴望的「真實」終究只限少數，絕大多數人只能擁有「真實」的仿製品。允許徹底失敗的「我」和「王香」出入的地方，就只有「碧昂絲血腸湯飯」和「香奈兒ＫＴＶ」。沒有比這種無視正當性、存在違和感的店名更能說明現今的韓國社會。韓國社會隨處可見掛在巨大混凝土立方體上的招牌，毫無脈絡，只是為了展現自己的存在而存在。這才是將大多數個人推向社會邊緣、維持以國家為單位的繁榮時代的表象。而披上這種表象成了大部分韓國人最後的選擇。

朴相映小說中的登場人物流下的眼淚，首先為了自身失敗而感到悲嘆。但這似乎不是全部。他們的眼淚也代表了直視夢想與希望痕跡的悲傷。從「我」和「王香」徘徊在留有Ｃ的夢想與希望痕跡的「幸桐義大利麵店」四周就可以看出，他們對於周遭人的慘況與失敗並非無動於衷。從某一瞬間開始，朴相映小說中的人物便停留在韓國社會邊緣，懂得以全新視角審視失敗的夢想。就這樣，內心空虛的同志與沉迷Instagram的廢人觀點，和以老練習生的身分參加真人選秀節目的女生的觀點，達成了共識。不僅如此，甚至讓人懷疑用陶瓷取代麵包與紅酒，盲目於都市改造和欲望的聖所——「聖靈環境保護開發聯合事務所」，是否與「碧昂絲血腸湯飯」和「香奈兒ＫＴＶ」在同一建築物中。朴相映立足於韓國文學從未有過的觀點，與處在韓國社會邊緣的絕大多數人一樣，以酷兒視角直視這一切。這是處在成功與失敗的臨界點，徹底向世界展示夢想與希望的他們，共同創造出的、獨具今日韓國特色的美好發明品，也是同時代作者的回應。既然說到這裡，那就用「朴相映的方式」來解釋一下吧。朴相映的小說是為懂得品嚐辣椒素佐起司「刺激口味」的孤獨美食家，和享受最為流行的K–POP歌迷們準備的、只屬於這一時代的文學。

作者的話

我在人群中是一個很愛笑、非常喜歡逗人開心的人。但一個人獨處時，我常常會深陷憂鬱。有時，我還會因為無法忍受這種憂鬱，而無可救藥地依賴他人。

在快速發展的資訊化時代，無論依靠什麼都可以迅速、簡單地處理一切。但事實並非如此。無論對象是誰，我相信必須盡最大的努力，即便推翻自己也要與之融為一體（擁有這種純真信念的人都是如此），但傾注在人際關係上的所有努力，最終都會以失敗告終。過去的我執著於愛情，並且活在自己的想像中。每當愛上一個人，我都會沉浸在過度的幸福感中。感情結束時，又會感受到彷彿整個宇宙毀滅似的絕望。過一天忘記一天，一段關係結束後，再用另一段關係覆蓋過去的廢墟。就這樣直視前方前行，我變成了忘記如何付出真心的可悲現代人。我把對於他人的愛與信賴拋在了腦後。雖然痛苦，但這是總結了我二十代最清澈、最真實的文字。

在把小說結集成書的過程中，我不禁覺得小說中的人物和過去的我很相似。看到這些在關係中掙扎、最終也未能親近彼此，比起得到愛人結果卻是更接近於厭惡的人物時，我不禁產生了洗澡時無意間看到鏡中的自己的憂鬱。

儘管如此，我還是可以鼓起勇氣，把這些故事結集成書，因為我覺得這個世界上一定存在著和我一樣的人。例如，為了徹底忘記什麼而喝酒的人；喝到爛醉如泥，坐在計程車裡莫名流淚的人；覺得自己很像吐在地上的口香糖或漏氣的氣球的人；不相信存在死後世界的人；警惕著隨便說理解他人的人；自命不凡地活著，但突然意識到自己從未真心接觸過他人的人。

這本書是我講的害羞的笑話，獻給那些悶悶不樂的人們。

二〇一八年夏末

朴相映

附錄

中國製偽造藍色小藥丸、齊齊和關於遍地流淌小便的短笑話……《現代文學》二〇一六年十二月號

尋找芭黎絲．希爾頓……二〇一六年文學村新人獎獲獎作品

釜山國際電影節……《現代文學》二〇一八年五月號（當時發表題目為〈#釜山國際電影節〉）

無人知曉的藝術家之淚與宰桐義大利麵……《文學村》二〇一七年秋季號

喬的房間……文章網路雜誌 二〇一七年三月號

哈姆雷特怎麼樣？……主題小說集《我們的每一天》（行走的人，二〇一八）

陶瓷……《文學》二〇一七年夏季號

國家圖書館出版品預行編目（CIP）資料

無人知曉的藝術家之淚與宰桐義大利麵 / 朴相映著；胡椒筒譯 . -- 新北市 : 遠足文化事業股份有限公司潮浪文化出版 : 遠足文化事業股份有限公司發行 , 2025.06 面；公分 . --（潮浪小說館；6）譯自：알려지지 않은 예술가의 눈물과 자이툰 파스타 ISBN 978-626-99136-9-5(平裝)

862.57 114003695

潮浪小說館 006

無人知曉的藝術家之淚與宰桐義大利麵

알려지지 않은 예술가의 눈물과 자이툰 파스타

作者 朴相映（박상영）
譯者 胡椒筒
主編 楊雅惠
責任編輯 楊雅惠
校對 吳如惠、楊雅惠
裝幀設計 之一設計
版面構成 獅子王工作室

出版 遠足文化事業股份有限公司 潮浪文化
發行 遠足文化事業股份有限公司（讀書共和國出版集團）
電子信箱 wavesbooks.service@gmail.com
粉絲團 www.facebook.com/wavesbooks
地址 23141 新北市新店區民權路 108-3 號 3 樓
電話 02-22181417
傳真 02-86672166

法律顧問 華洋法律事務所 蘇文生律師
印刷 中原造像股份有限公司
出版日期 2025 年 6 月
定價 450 元
ISBN 978-626-99136-9-5(平裝) 978-626-99618-1-8(EPUB) 、 978-626-99618-2-5(PDF)

This book is published with the support of the Literature Translation Institute of Korea (LTI Korea).

潮浪文化社群平臺

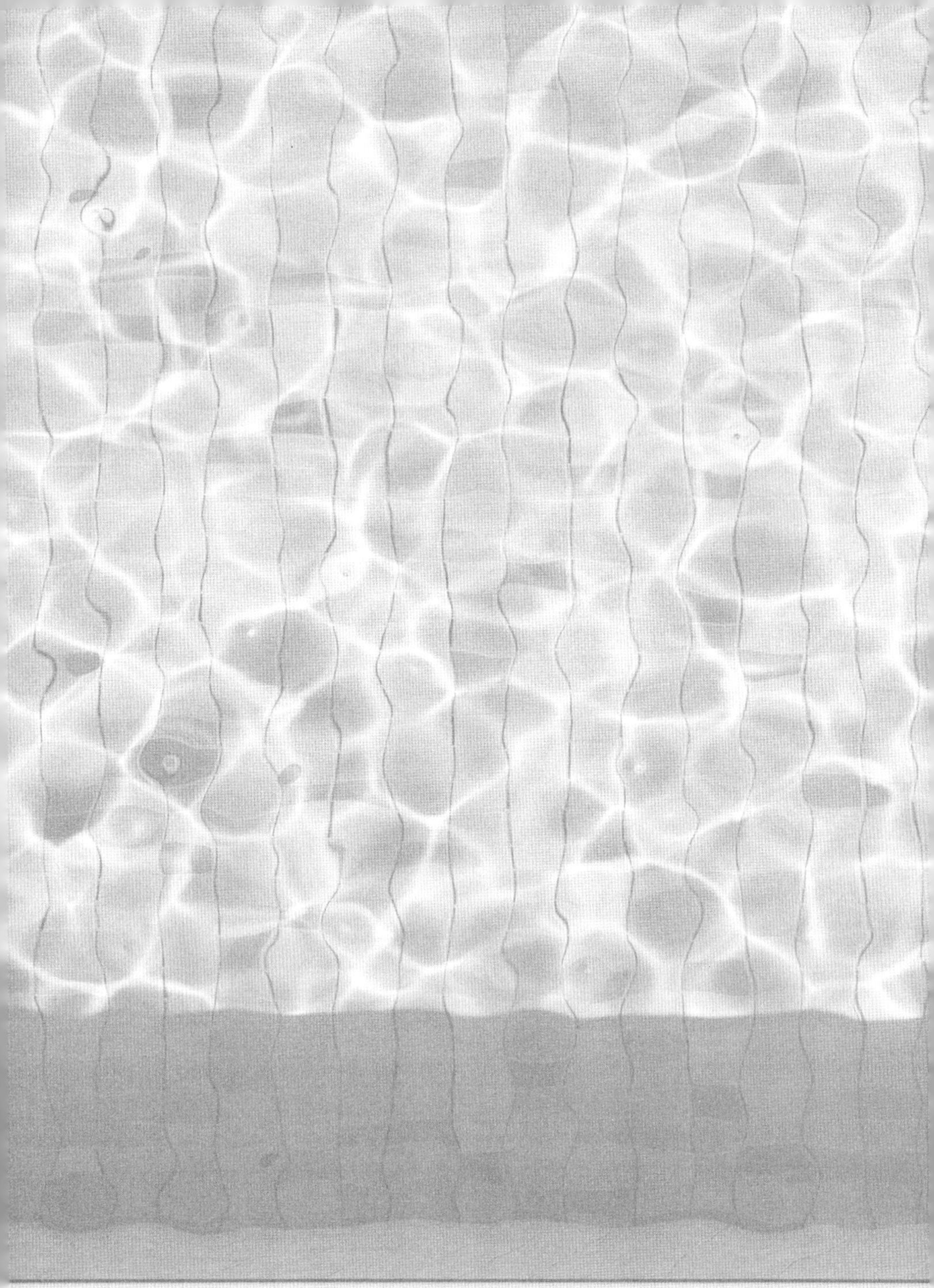